银色国度

一位金融人的瑞士考察之旅

Silver Land

柳三阳 ◎ 著

当代世界出版社
THE CONTEMPORARY WORLD PRESS

图书在版编目（CIP）数据

银色国度：一位金融人的瑞士考察之旅 / 柳三阳著.
—北京：当代世界出版社，2018.7
ISBN 978-7-5090-1406-6

Ⅰ.①银… Ⅱ.①柳… Ⅲ.①纪实文学—中国—当代 Ⅳ.①I25

中国版本图书馆CIP数据核字（2018）第151466号

书　　名：	银色国度：一位金融人的瑞士考察之旅
出版发行：	当代世界出版社
地　　址：	北京市复兴路4号（100860）
网　　址：	http：//www.worldpress.org.cn
编务电话：	（010）83908456
发行电话：	（010）83908409
	（010）83908455
	（010）83908377
	（010）83908423（邮购）
	（010）83908410（传真）
经　　销：	全国新华书店
印　　刷：	北京盛彩捷印刷有限公司
开　　本：	880毫米×1230毫米　1/32
印　　张：	7
字　　数：	116千字
版　　次：	2018年8月第1版
印　　次：	2018年8月第1次
书　　号：	ISBN 978-7-5090-1406-6
定　　价：	39.00元

如发现印装质量问题，请与承印厂联系调换。
版权所有，翻印必究；未经许可，不得转载！

目 录
Contents

幸运搭上末班车	/ 001
吃了闭门羹	/ 008
这次我们是老外	/ 013
重入大学课堂	/ 020
幸福到厌世	/ 026
瑞士银行的理性选择	/ 030
名人接风晚宴	/ 036
有趣的翻译软件	/ 039
访问金融监管局	/ 041
时间银行	/ 045
金融博物馆秘闻	/ 048
苏黎世如此美丽	/ 052
创新企业孵化加速器	/ 057

巴塞尔：银行人心中的圣地	/ 059
周末好时光	/ 062
莱茵大瀑布	/ 066
欧洲最大盐仓	/ 072
"工厂店"火狐城的一天	/ 077
熊城伯尔尼	/ 085
快乐的农庄主	/ 093
瑞士中央银行	/ 097
阿尔高州财政局	/ 100
维氏军刀飞上太空	/ 103
浓情巧克力	/ 106
万通博银行	/ 111
担保公司的情怀	/ 113
德国中餐馆	/ 118
伯尔尼证券交易所	/ 120
"安大个儿"请客	/ 124

镇政府的管理机制	/ 132
琉森的胜景与惊悚故事	/ 138
绝美少女峰	/ 141
炫彩醉人的因特拉肯	/ 149
袖珍小国列支敦士登	/ 154
"千阶之城"圣加伦	/ 157
CEO圆桌会议	/ 160
Fintech是个大课题	/ 168
牛肉面比郎团长的引智给力	/ 176
从洛桑到日内瓦	/ 180
联合国日内瓦办事处遛遛	/ 185
孩子、妻子、园子与房子、车子、票子	/ 189
收获到超负荷	/ 192
郎树峰就医	/ 195
最后的晚餐	/ 196
Byebye,田园牧歌国度	/ 202

·银·色·国·度·

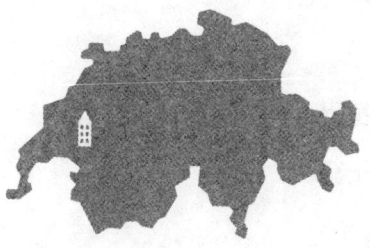

一位金融人的瑞士考察之旅

阿尔卑斯山和汝拉山是瑞士的脊梁,皑皑白雪,银装素裹,堪称"银色世界"。

拥有世界领先的银行业,以及汇聚全球个人财富,使瑞士成为名副其实的"银色帝国"。

本书记录了中国东北金融人深入实际、别开生面的考察之行,让读者在笑声里体验瑞士和中国各具特色的金融生态和别具一格的风土人情。

序

Preface

紫苏,金融学者、诗人,著有诗集《清浅时光》。

它山之石　可以攻玉

紫　苏

带着慧眼和慧心、胸怀与情怀，带着猜想和联想、探秘与探索、神秘与向往，刘兄畅游了令人浮想联翩的"银色国度"。

从出发到归途，桩桩件件，趣事横生，糗事叠加，乐事不断，美事堆积，劳事相伴，每一桩都刻骨，每一件都铭心。期间，有学习调研之燥、畅游山水之美、享用西餐之腻、同学笑闹之乐、垂涎欧民之妒、旅途杂陈之劳、归心似箭之急，更有价值在线之果……仿佛身临其境，另一个世界、另一种风情跃然纸上。

刘兄灵动的文字是静态的摄像机，是动态的学习机，把瑞士的历史发展特例、语言文化特征及风土人情特点，活灵活现地捧出来，小心谨慎地端上桌，真心诚意地学鉴之。畅游瑞士本土，畅怀世界格局，畅想人类发展。

刘兄以独特的视角、独到的见解，以独有的妙笔，向我们展开了一幅誉满全球的长轴画卷。画卷中有自然，有山水，有色彩，有声音，生机盎然；有历史，有人文，有生命，有发展，生动活泼。分明是刘兄馈赠朋友的一份生存阅历之财富，生活履历之百花，生命经历之硕果。

让我们循着刘兄的足迹，一起追寻这个神秘国度吧！

幸运搭上末班车

飞机呼啸着冲向黑寂夜空，大地上的稀疏灯光很快淡出我的视线，无边的墨色迅速包裹住这架夜航的班机。机上多媒体显示器播放着"飞经莫斯科后到达目的地苏黎世"的旅途信息。我环视了一下散坐四周的诸同学，多数已昏昏欲睡，唯有我睡意全无。

不知是对大型团队活动的组织力缺乏信心，抑或对该团队26名来自全省不同金融机构的一把手的自我约束力存疑，竟然约定23:00在首都机场集合。我20:00就从天津出发了。经过两小时车程，22:00就到达T3航站楼。所幸，这个名为"瑞士金融新技术培训考察团"的每个成员都很守时。

换登机牌了，正赶上人最多的时候。3:05起飞的航班完全可以稍晚点儿办理出关手续，却偏偏赶到人山人海之际。出关回头再看，已后继无人。排队时，本在我身后的两个老外，发现在S型队列拐弯处反超我时，立刻示意我归位，

/银/色/国/度/　　一位金融人的瑞士考察之旅

可在发现一位老妇钻过拦截线时,却毫不客气地制止。结果可想而知,他们被当作空气,完全被视若无物。办妥出关手续,我找到并排三人的长条靠背椅,将随身携带的旅行双肩包垫在头下,足足补了两个小时的觉,直至被通知登机的广播唤醒。

连续一周,我一直在大连、哈尔滨、天津三城之间往返奔波,这种家、单位、总部三点一线的生活模式虽说习以为常,但在如此短的时间内多次往返,于身体也是一种酷刑,加之感冒缠绵不绝,整个人似乎都处于漂泊状态。坐进机舱,我反倒有了安定感。首先感谢哈尔滨银行集团的当家人郭董事长把全集团唯一一个赴瑞士培训团的名额给了我,这也算是对我在哈行十年来开疆拓土、踏实工作、精耕细作的一种奖励吧!论资历,好多人比我深;论年龄,我比好多人年长,没什么大的培养潜质;论个头,虽高过好多人,却不是加分项。与我而言,家中有个好母亲,学校遇到好老师,单位跟对好领导,这都是非常幸运的事。我的直属领导哈银消费金融公司孙董事长通知我这项美差。我这次的身份是哈银消费金融公司监事会主席,算是哈尔滨银行的代表了。据组织中瑞合作培训的黑龙江省人力资源和社会保障厅工作人员讲,培训团是省政府和瑞士西北应用科学与艺术大学商学院之间开展的合作，为期五年，每年四批，共计五百人，我参加的是最后一期，就算是第五百个学员吧！总之，我幸运地搭上了末班车。

在培训团里，我应算是外来户。出发前几天，我参加了在马迭尔酒店举办的行前培训，举目四顾，都是陌生面孔。看看名单，才知道诸同学的来路。除农信社、村镇银行和地方商业银行的头头脑脑之外，还有投资担保公司、保险公司、期货经纪公司、金融资产管理公司、股权交易中心和财务咨询公司的主要负责人。他们之间倒是大多熟络，有些还是共事过的老友。二十六名学员分为三个小组，由每组中最年轻的学员任组长，看来，服务是组长很重要的工作内容呢！哈尔滨股权交易中心的常玉春总经理被指定为秘书长。我在第一组，组长是东北中小企业信用再担保股份有限公司的段金龙总经理，组员中年龄最大的是哈尔滨农信村镇银行董事长郭宪文大哥，1956年出生。难道郭大哥还没退休，尚顽强坚持在工作一线？我稍有困惑。培训中间休息时，我看到邻家大姐模样的省农村信用联社的总审计师周静芹大姐挨个趴耳朵叮嘱："我订好饭店了，回头发微信通知，晚上一起聚个餐。"当然了，没我啥事儿。我兼任哈尔滨银行天津分行行长，在大家眼中是外省来的，得慢慢向组织靠拢啊！

/银/色/国/度/　一位金融人的瑞士考察之旅

　　虽然已多次出国，但这次行前培训仍是很有必要的，至少我知道这次外出的目的是"学习瑞士世界第一的创新能力，振兴缺乏活力落后已久的龙江经济"；还有，就是认识了领队人——省人社厅郎咸波处长。这是他五年中第二次带团到瑞士，经验丰富，做事很细心。这从他出关时为每个人的托运行李拴标签，提醒大家写清自己的名字和联系电话一事上，便可见一斑。能感觉到他是一个值得信赖的团长。

　　国航的班机座位虽然宽敞，但对于身高1.83米的我来说，仍显局促，膝盖紧顶着前排的靠背。挨着我坐的是一位三十多岁身材瘦小的女士，我暗自庆幸。她自觉地贴靠着眩窗一侧坐着，为我腾出了一丝空间。即便如此，没坐一会儿，我已经感到疲惫了。既然了无睡意，索性打开Ipad，塞上耳机，看会电视剧《我的1997》。

　　不知何时，我竟昏昏沉沉地睡了过去，直至被空姐不断重复的"哪位喝水，哪位喝水"的声音吵醒。看看Ipad，电视剧已播放了三集；再看表，才过了两个小时，数数还有九个钟头，顿觉度秒如年。

　　在机场办手续时，我发现同学们都不约而同地光着手腕，想是深知瑞士手表品质高价格低，都等着鸟枪换炮呢！

几年前，我到高盛集团参加哈尔滨银行在香港证券交易所主板上市前有关客户关系的管理培训时，在纽约第五大道买了心仪的Piaget，这次也就没心思研究手表了。

看看，睡睡，醒醒，膝盖、后背、胳膊越来越酸疼，屁股也在叫屈。好在屁股分左右两半，可以轮休——人体结构多科学啊！我把座位上的靠枕抱在怀里，这样，前后伸展空间可以稍微大点。坐在前排的是一对瑞士夫妇，女的丰乳肥臀，站起再坐下，座椅便摇晃得"嘎嘎"直响。座位后倾，压缩了好大空间，偏偏她还特别好动，身上像布满了爬虫，我的Ipad倒了又扶起，扶起又倒了，陷入恶性循环，心里不禁愤愤然，心说：不能减减肥吗？长得也太没责任心啦！光横向发展怎么行呢！这个家住在万里之遥的欧洲女人竟能在此时此刻影响到我的身心感受，算不算孽缘？

离预订到达时间还有两个小时，机舱内的灯光调亮，广播中说"开始机上健身操十分钟，十分钟后提供早餐"，随后，电视屏幕伴着指令开始出现扭头、转肩、十指相扣、双臂向上拉伸等动作示范。乘客们趋之若鹜，木偶般活动起来，我也是其中一只。

送来的早餐细嚼慢咽吧，耗掉半个小时就只剩一个半小时的航程了。我把平时不吃的奶酪精心抹到面包上，一口一

/银/色/国/度   一位金融人的瑞士考察之旅

口细细品味。

待空姐推车收走餐具,我看了看表,刚刚过去二十分钟。罢了,依旧打开旅伴Ipad,听听音乐,不知是谁的歌声又把我哄睡着了。再醒来时,飞机已在下降——苏黎世终于到了。

机窗遮阳板全部按空姐要求打开,远处翠绿的山峦已清晰可辨,草地、林木和散落其中的各式砖木色建筑历历在目。

电视屏幕已显示机腹下的实时画面:农田、村落……

怎么感觉飞机突然拉升了?正疑惑间,广播响起:"刚刚接到通知,苏黎世机场上空有较大雾团,无法确保安全降落,飞机暂于空中盘旋,等候时机。"

此时此地?雾团?

没感觉到飞机盘旋,又听到机长广播:"我们的飞机要转飞日内瓦加油,等候苏黎世机场天气转好后复飞。由此给您带来的不便,我们深表歉意。"

由苏黎世到日内瓦需要大约四十分钟。

随遇而安吧!邻座睡得一塌糊涂的女士因愤怒清醒过来,对我嘟囔:"我本该买晚两个小时的航班,鬼使神差地买了这一班。晚飞的起码不用绕圈等。哎呀妈呀,命真苦!"

我忍不住笑了,"公差还是旅游?"

"经常飞,一年几次,我的公司是中瑞合作的。"

"够累人的。"我表示同情。

"下面是莱蒙湖吗?"见我茫然,对方换言之:"就是日内瓦湖。"

"应该是。"我小小地装了一把明白。

飞机落地,机长通知:"飞机加油期间,禁用手机,尤其是拨打电话。"

半小时后,广播再次响起,大家满心期待。

"接到苏黎世机场通知,尚不具备起降条件,请耐心等候。"

反反复复同样内容的通知,竟有六七次之多,直到最后机长调高声调,大家终于听到期盼已久的话语:"Ladies and gentlemen, we will take off in 40 minutes according to the notice from Zurich."(女士们先生们,我们接到苏黎世机场的通知,四十分钟起飞。)

"In 40 minutes"可不是四十分钟内,而是四十分钟之后的意思。痛苦啊,我还不如不懂英语!

/银/色/国/度/　一位金融人的瑞士考察之旅

吃了闭门羹

苏黎世终于到了。

巴掌大的瑞士,领土总面积才4.1万平方公里,还没哈尔滨市域大呢,竟然如此折腾人。

目的地在瑞士西北部位于苏黎世和巴塞尔之间的奥尔滕(Olten)市。出了苏黎世国际机场,身材矮小的女司机开着空调大巴车跑了近一小时方才到达。瑞士西北应用科学与艺术大学就在此处,新旧区相加人口才2.1万。

办理入住时,中等身材的郎团长尽管慢条斯理,但特别强调,周末假日酒店无人值班,房卡是出入酒店和房间的重要工具,务必随时携带。对此,他特意强调了两遍。

房间的条件让我很满意。单人床、辅助床,可能是照顾有婴儿的顾客吧!衣柜、写字台、卫生间、淋浴房、电视、电话一应俱全,相当于国内三星级吧,我由此判断。

我比较适应旅居生活,家在大连,三年前交流工作到了天津，大连、天津和哈尔滨三点一线，频繁奔波。起初，在哪里都没有家的感觉，要有两到三天的心理适应期。与生活工作在同一城市的同事们不同，我要准备三把电动剃须刀和三根手机充电连接线，供两个固定据点和旅途随身使用。

换下一身行头，我在淋浴间全面清洗了一番，又冲个澡，顿觉旅途劳顿尽消。

按约定，晚餐要到一家名为Restaurant of Shanghai的中餐馆。青菜鸡肉、土豆排骨、炸鸡翅、炒菜花，四个菜加白米饭，一餐半个小时全打发完。

散步返回奥尔滕酒店时，人群分成多个小组。我和来自黑河、大兴安岭一高一矮的安久龙和王伯东朝酒店相反的方向踱步，中途翻看手机，郎团长在微信群里通知，所有人把礼品交到206房间，也就是哈尔滨股权交易中心常玉春总经理那里。

按出国预培训要求，每人准备三件礼品，送给每天一换的讲课老师。大家把礼品汇到一起，有邮册、玉件、茶叶、真空包装的松子仁，五花八门。我准备的是三幅天津杨柳青年画，统一题材——"百子图"。

杨柳青年画颇有些来头。杨柳青小镇位于津西二十公里处，当地的木版年画属于我国著名的民间木板印绘年画，产

/银/色/国/度/　　一位金融人的瑞士考察之旅

生于元末明初,与苏州桃花坞年画并称"南桃北柳"。杨柳青年画笔法细腻,色彩明艳,喜气吉祥,韵味浓郁,将现实主义和浪漫主义有机结合,通过寓意、写实等多种手法表达美好情感和愿望,雅俗共赏,被列入首批国家级非物质文化遗产名录。

回房间拿了年画,出门时我还在想自己住的218房间离206不远,要不要关门,边想边随手一挥,"咣当",门关上了。

惨了!钥匙卡没随身携带,忘在房间取电槽里了。

把礼品送到指定房间,我立刻在培训团微信群里发了如下文字:团长,我犯错误了!出来交礼品,把房卡忘在房间里了。

在常玉春秘书长的房间里,我懊恼万分,又无可奈何,眼巴巴地看着郎团长电话联系无人接听,心中暗骂:瑞士人也太不敬业了!自己的酒店周末竟然无人值守,既不想多揽客多赚钱,也不怕被偷被抢,让我初来乍到就无家可归。

郎团长是个从容之人,讲了一个他2013年冬率团来瑞士入住同一酒店发生的事件。我听了,心里有了些许安慰。

当时,一位五十多岁的大姐,晚上九点穿着睡衣睡裤下楼转,酒店外的地下市政通道被她当成酒店大堂,推门而出，看清环境想返身回酒店时已来不及，门已自动闭锁。

一样无人值守，一样门卡未带，连手机都没带，这可如何是好？

疯狂敲门，没人理会。

大声呐喊，没人听到。

转到市政通道外面的酒店楼下，室外居然飘起雪花，门户紧闭，街上空无一人。寒冷加上无助，大姐绝望，一边哭一边找石子。她尚算神志清醒，向楼上窗户抛石子，以便唤起注意，但抛得太低，根本打不到窗子。

"我的妈呀……"

滞留室外四十多分钟的大姐此刻万念俱灰，想着原本风风光光的出国学习，竟遭遇意外，难道要冻死在异国他乡？

命不该绝。一位年轻的瑞士男士经过此处，虽然听不懂哭天抹泪的大姐说些什么，但她的困境一目了然。两人索性一起奋力抛石子，几番尝试后，终引起注意，泪流满面的大姐转危为安。

我的心里没一点慌乱，与那位倒霉大姐比，我这点困难算什么？

一个小时过去，郎团长没能联系上当地项目负责人。他拿着自己房间内的塑封材质的用户指南，来到我房间门前，试着用非常手段弄开房门,但塑封板探不进去。他又到旁边同事入住的房间进一步研究,这种房门根本无法撬开,门边和门框结合处不是国内常见式样的平面,而是三级梯次,防范盗开超级有效。

完蛋了!今晚肯定要流落街头了。这可是离家万里之外的第一个夜晚啊!几位半熟半不熟的同学表示同情,纷纷说起欧洲人,尤其瑞士人的教条与死板。若逢假日,商店一律歇业,谁家开了,就是不公平竞争。这种文化与我们国家截然不同。

郎团长动员来自省农村信用合作联社的总审计师周大姐换屋,因为她的房间里是两张单人床。一旁的绥化农信社联合社理事长王树伟热心地说:"刘总,住我房间吧!我那里正好是两个单人床。"

一天一夜的疲惫行程使得我倒头便睡。

第二天早上,同学们多有关切。

"昨天怎么样了?"

"陪王树伟睡的,挺好。以后谁忘了房卡,找我睡。"我打趣道。

这次我们是老外

王树伟四十出头,个头和我差不多,身材比我有型多了,精明强干,有早起散步的习惯。没到七点,我听到他和女服务员在门口说话。门被服务员从外面打开,我有了见到亲人一般的感觉,马上说:"Good morning. I left my card in the room. Please open the door for me."

"Your room number?"女服务员很认真地问。

"218."

"咔"的一声,脆响连着轴承划转,门开了。

"Thank you so much!"我发自内心道。

此时,我已穿戴整齐,酒店服务员也没什么疑惑。如果是躺在床上,人家肯定反感两个男人同居一室。这就是不同于东方的西方文化。我的表达当中也有意避开了把房卡忘在房内的具体时间。

早餐一如预料中简单：黄瓜西红柿切片、肉肠、熏肉、熏鱼、水炒鸡蛋、沙拉、面包、牛奶和果汁。

减肥开始了！我心里还挺愉快，就这样按片吃黄瓜西红柿，再少吃点肉，瘦身塑形指日可待。

团队群里通知：下楼出发去学校前，到前台补交1100瑞士法郎的房费。

柜台旁遇见高大魁梧、大眼睛、双眼皮的鹤岗农联社王金生主任。王主任手中的房卡袋上有姓名的拼音，否则我也不知道他是谁。

王主任问我："这玩意儿咋办啊？"

我用英语对柜台里的瑞士小姑娘说："We are going to pay 1100 Swiss francs for each single room as arranged."（我们按约定补交单人房间每人1100瑞郎的房费。）

"Your room number please！"（请说房间号！）

王主任一脸惊诧道："你能说这么长流儿的外语？老外还能听懂，厉害呀，我的弟！"

我咧嘴笑了笑，心说：我说的还都是比较简单的呢！

随后，我又帮助了两位同学，不小心暴露了自己没说实话的事实。出国培训时，问到了谁会说英语，只有哈尔滨均信投资担保公司的俊男总经理叶佩说，需要时可以为大家提供帮助，我没吱声。这次小露锋芒也使得在黑龙江团队中属于边缘人的我有机会接近更多同学。

虽说是大学英语专业毕业，但我始终觉得自己在实用能力方面有欠缺。平时做梦，经常是回到外语学院的课堂上学英语，还学得稀里糊涂的，逢考试必挂。一觉醒来，一阵烧心的感觉，就好像始终没有浮出水面，憋屈得慌。当年在中国银行干国际结算时，还能操起电话打国际长途同老外交涉；在新加坡中行见习时，也敢接听电话，但这些年不干专业了，越发张不了口，自感口语越来越差，甚至想花上几万块钱报名"华尔街"，接受再教育。

到瑞士第二天，恰逢东北中小企业信用再担保股份有限公司黑龙江分公司的段金龙总经理三十六岁生日，郎团长要求大家统一在晚六点到酒店负一层自助餐厅用餐，喝点红酒以示庆祝。众人初到瑞士，段总人又是一表人才，虽是少白头倒反衬出几分成熟，大家自然乐得捧场。

取菜时，鹤岗的王金生主任和黑河农村商业银行的安久龙董事长把我夹在中间。王主任贴着我耳朵小声说："长海，一会儿悄悄跟我们走，咱们出去喝酒。"

去的是一家与奥尔滕酒店一街之隔的意大利风味西餐

馆。头天晚上就有三位同学来过,菜单没整明白,各自喝了一杯不知名姓的啤酒。

他们前前后后约了十多位,坐满了一楼靠窗摆放一起的四张桌子。推杯换盏中搞清楚了,来者同属省农村信用合作联社系统。起初,出国只能来三个人,最后拼进来十三人,服不服?这就是有志者事竟成吧?我内心不由得感慨万分。其中年龄最大,现任哈尔滨农信村镇银行董事长的郭宪文曾是在座好多人的"前领导",斜跨小背包,典型的中国游客打扮,大哥气质不俗,说话看似和蔼,但官气依旧高过个头。

服务员见来了这么多"外国人",马上凑过来问:"What can I do for you?"(想吃点什么?)

我转向大伙儿道:"想吃些什么?你们说,我来翻译。"

大家开始七嘴八舌:"带的哈尔滨红肠能不能在这里切了吃?""带的白酒能不能拿出来喝?""这里有没有花生米?"云云。

我如实转达。

服务员忙不迭摇头道:"We are a western restaurant. We don't allow anything to bring here.We have almost everything."(我们是西餐厅,不让自带酒水食品,

这里什么都有。)

"Do you have peanuts?"(你们有花生米吗?)

"No."

我翻译给大家。

省农联社的周大姐看来是他们系统里的上级单位领导,只见她一挥手道:"长海能整明白,你就全权安排吧!我们现在都是傻子。"

我用英语问服务员:"青菜类的都有什么?怎么做?鱼类都有什么?怎么做?"

服务员把我带到冰柜前,让我参观排列得整整齐齐、用碎冰覆盖着的各类尺把长的鱼,说出名字的三种鱼中,我只知道吞拿鱼。吞拿鱼就是通常说的金枪鱼,但这个看起来应该是鲭鱼吧?就这个了。蔬菜有小青菜、茄子、黄瓜,切片后用烤箱烤熟,再淋上调料,行吧!

我决定鱼和青菜各来两份,这样一来,放在长条桌上大家伸伸筷子都够得到,另外加两盘沙拉,这个西餐馆肯定有。啤酒从意大利品牌喝起。

大家兴趣盎然,周大姐首先提议敬酒,表示很高兴有机会系统内这么多人一同来到瑞士,也感谢有长海这位新朋友,希望长海能一如既往地参加他们的集体活动,并授予其特聘翻译官。

到底是东北人,每人一瓶啤酒很快见底。哈尔滨市农村信用合作联社的武佳忠监事长把我拉到一个白人女服务员身边,"长海,你和她说说,我们三个昨晚在这里喝了一种啤酒,一会儿能不能接着喝那种?"

我如实翻译道:"My friends drank beer here yesterday evening. Do you remember what kind of beer they drank?"(我朋友们昨晚在这里喝的什么啤酒,你还记得吗?)

"Yes, of course. They drank draft beer last time."(当然记得,他们上次喝的是生啤酒。)

"Good. Change bottles to glasses, please."(请把瓶子换成杯子。)

武佳忠用力拍了拍我肩膀,由衷道:"昨天比画了一头汗也整不明白,没招了,一人混了一杯啤酒就走人了。"

女服务员来找我,"Please just talk to me in English. I don't know the language they speak."(请别让他们和我说我不懂的语言,就和我说英语吧!)

瑞士人会说法、德、英三种以上语言的人比比皆是,开放的国度和良好的教育造就了大量的语言大师,但会说中文的却凤毛麟角了。

　　大个子安久龙冲我竖起大拇指,赞道:"长海深藏不露啊,绝对是人才!"

/银/色/国/度/　一位金融人的瑞士考察之旅

重入大学课堂

优雅怡人的西餐馆小楼位于奥尔滕酒店的另一侧。和奥尔滕酒店一样，它只有三层楼高。第三天，我才知道，这一侧的一河之隔才是奥尔滕的繁华所在，旧城区在该区域延展开来，这里才是地地道道的瑞士风。

旧城区老而不旧，颜色结构各异，小楼错落有致，千姿百态，楼间是石砌的甬路，古朴自然，干净整洁，店铺林立，行人却比较稀少。

近处玛拉河河面上是一座古旧的带篷顶的木桥，侧面看像一处横跨在河面上的中式大房子，人字形的雨篷，桥栏和桥面用的全是二十公分见方的暗红色松木板材，古朴，庄重。走在桥上，油然而生一种穿越历史的感觉。说来也巧，它正好连接了奥尔腾的新城和老城。

河岸边太阳伞下，五六个小桌旁时常坐着悠闲的瑞士人，一边品着啤酒，一边欣赏两岸多姿多彩的树景，观远山近河。河堤石阶上，也是三三两两的人在畅聊。

河水不深，有细浪翻腾，几只天鹅和十几只野鸭在嬉戏，游来荡去，惬意得很。应该是野鸭吧？我只是一闪念。城里当无人饲养鸭子，必是野生无疑。手扶桥栏，在同学们拍照之际，我努力搜寻水中游鱼，却毫无收获。是因为水至清则无鱼吗？这样纯净的河水只在儿时的记忆中淌过。

奥尔滕不是旅游城市，看到的是清一色的瑞士本地人。

奥尔滕酒店与瑞士西北应用科学与艺术大学只隔一条高铁道，通过酒店楼下市政通道可直接穿行到对面。酒店到高铁站只有三分钟路程。这是一个枢纽站，从这里到苏黎世、巴塞尔、伯尔尼等城市的车程均在半小时之内。如果每天只安排半天课程，中午坐高铁出发，二十来天会把瑞士游得面面俱到，但谁会好心做出这么周到的安排呢？肯定指望不上的。可随后的学习考察安排，却远比期望的好，到底是最后一期合作培训，省人社厅的领导们还是有丰富经验的。

培训课安排在西北应用科学与艺术大学（University of Applied Sciences and Arts Northwestern Switzerland）。这是一所国际化大学，在校学生超万人。它与中国高校、地方政府均开展密切合作，于2013年在哈尔滨建立了瑞士中小企业中国研发中心，并为中国中高层管理人员提供管理培训。

　　第一天上午的课信息量大，让大家对瑞士这个令人心驰神往的国度有了更多的了解。

　　1992和2001年两次全民公投时，八百万总人口中百分之五十五的瑞士人反对加入欧盟。这个在申根体系内，却在欧盟之外的联邦国家凭借数十个双边协定，维系了与欧盟密不可分的经济联系，欧盟理所当然地成为其最大贸易伙伴。瑞士的钟表、军刀、咖啡、巧克力、黄金钻石首饰、精密仪器都是耳熟能详的高品质代称，其背后是"权力在人民"自下而上的政治体制——没有总统，七位公选出来的部长是最高权力代表。世界政治舞台上，瑞士政治家向来都以"我们瑞士政府"的名义对外发声。

　　瑞士四分之三的国土是山地，山谷遍布，沟壑纵横。仅有的资源包括水力、木材和智力。欧洲有四条大的河流发源于此。这里多山，阿尔卑斯山脉和汝拉山脉占据国土面积的70%，平均海拔约1350米。大山赋予瑞士充沛的水源和茂密的森林植被。然而，从资源角度讲，瑞士是极其贫穷的。地大物博的国人自是对其不屑一顾，可它却是名副其实的发达国家，我们却是地地道道的发展中国家。

　　我有一个以偏概全的观点，就是在区分发展中国家和发达国家时,只看开发建设的工程多不多,无须区分工业或民用。到处塔吊林立、大兴土木的必定是发展中国家,不就是中国当前的样子嘛!

我的认识是肤浅的,看到的只是一个国家外在的硬实力,在随后的考察学习中,我懂得了软实力。这体现在几个方面:

一是为弱者的付出。瑞士小镇政府会为残疾人安装上下楼自动升降托盘,而我们考虑更多的恐怕是办公便利吧!

二是对细节的付出。在高度发达的瑞士,即便在偏僻的小城镇都可以放心地直饮自来水。让我惊叹不已的是,无论入住的奥尔滕酒店,还是后来走访的SNB(瑞士中央银行)、UBS(瑞士联合银行)、FINMA(金融监管局),电梯都是单向伸缩门,空间都不大,古朴、耐用,绝无高大上的奢华感。

再就是为未来付出。盖楼持续三五年,甚至更长的时间,回报期亦很长。这看似没有理性的行为,实际是在为未来买单。

我能从很表象的认知升华到比较深刻的实质性理解,也不枉此次瑞士之行。

其实,一个国家不只会从发展中国家进步到发达国家,

/银/色/国/度/　　一位金融人的瑞士考察之旅

也有逆向发展的，阿根廷就是一个由发达国家退缩为发展中国家的典型。一百年前，阿根廷和美国并驾齐驱，是全世界最发达的两个国家之一，如今，它却衰败为"扶不起的阿斗"。这让我们为之警醒，充足的外汇储备、合理的汇率管制、独立自主的强大经济体系都是我们保持长治久安必不可少的。再学学瑞士，提升我们的软实力，我们是不是会更好？

瑞士在全球创新能力和竞争力两项排名中均遥遥领先，主要得益于良好的教育体系。令人叹为观止的是，苏黎世理工大学拥有二十一位诺贝尔奖获得者。你说瑞士教育体系强不强？

我原以为西北应用科学与艺术大学是民办职业高校，殊不知这是国立八所应用科学类高校之一，本、硕、博培养体系一应俱全。

课间，同学们谈到瑞士自身并不出产咖啡，却是世界第一咖啡出口国。当地出口货物吨价值是进口货物吨价值的三倍，高附加值创造力，实在是太牛了！

瑞士人倡导绿色环保，境内绝无垃圾填埋，有高度发达的垃圾回收处理工艺。我见过名为"Recycle paradize"的垃圾处理工厂，万不得已实在无法回收利用的垃圾，会运去德国埋掉。想想也挺缺德的。

　　瑞士人的品性像暖水瓶，外冷内热；也有固执得像倔驴的时候，虽然大部分人说德语，却不愿承认和德国有半毛钱关系，甚至把德语说到德国人都听不懂的境地。说法语、意大利语的瑞士人也是这个德行，坚决不承认瑞士和那些国家有裙带关系。瑞士嘛，就是说不同语言的瑞士人自己的瑞士！瑞士方言有两百多种，官方语言却只有德、法、意和一种叫罗曼什语的古老语言。

　　以前，我从来没注意过，瑞士的国旗竟然是方形的，这样的情形还有小国梵蒂冈。

　　老师说，瑞士全境的桥梁都预埋了炸药，一旦发生战争，就自动引爆，以阻断外部侵入；千余座高山也被掏空，建了战争庇护场所。

　　咦，这个很奇怪！

/银/色/国/度/　一位金融人的瑞士考察之旅

幸福到厌世

听老师说，瑞士是欧洲葡萄酒消费第一大国，自产葡萄酒从不外销。下课后，好奇心强的杜滨、杨馨嘉、段总、郭林几位同学跑到附近的Coop超市寻找当地的葡萄酒。各种瓶形的欧洲葡萄酒琳琅满目，阵列中还真有瑞士本地货，价格并不贵，十几到三五十法郎的都有。我为破开一千法郎的大钞，买了两块巧克力和两小盒不知啥味道的欧式方便面。收款员用英语提示我可以到旁边银行换成零钱，我没吭声，假装没听懂。女收款员二话没说，拿起钱就起身离开，七八分钟后回来，找给我一大把钱，面值两百的、一百的、五十的、二十的、十元的，竟然还有五元、两元、一元、五角、二十分、十分的硬币。她对我是不是太好了？瞧人家瑞士人的敬业态度！我是来自服务行业的人，却被她无微不至的服务感动了。

第二天上午一进教室，见讲台旁的课桌上放了一堆名牌。我拿了自己的，走到教室右后侧摆好，坐下。视野开阔，可以扫视全班各个角落。到教室边倒热水，拿巧克力也方便。瑞士的大玻璃矿泉水瓶子是一个奇观，得有一千毫升吧？分充气的和普通的，充气的倒进杯子后"吱吱"冒气泡。

后到的同学只好把名牌摆在教室中间位置，年轻女同学——黑龙江时代期货经纪公司总经理杨馨嘉笑嘻嘻地抱怨道："好地方都被占完啦！"典型的哈尔滨美女，衣着打扮也很得体，银灰色的休闲商务套装显得气质不凡。

"中间才是好位置，城里买房不都这样吗？"我调侃一句。

教室前面是放了投影仪的讲桌，离墙面半米悬挂着投影幕，投影幕右边立着中瑞两国国旗。

班级二十六名同学中有七名女士。还别说，姐有姐样，妹有妹样，端庄大方，白净细嫩，个个气质不凡，怪不得后来自诩为"七仙女"，也算恰如其分。

上第一节课程"瑞士政治、社会、经济与金融体系"的教授施博士（Jurg Schneider）据介绍已经七十三岁了，声音洪亮，腰板挺拔，思路清晰，风趣幽默。老伴健在，膝下无子女，依靠良好的联邦福利、州养老保险，加上自己兼

/银/色/国/度/　　一位金融人的瑞士考察之旅

职所得，过着悠闲自在的日子。施老爷子自己有房，价值百万法郎。瑞士人自购用房只占用房比例的百分之三十，贷款零首付，期限可达五十年，只需要按期归还利息，所还利息还抵扣当事人应缴纳的税金，几乎完全没有买房方面的生活压力。这个瑞士施大爷的生活状态对我们应有所启示：人生在世，到底该活成什么样。

好多信息是随后介绍瑞士旅行注意事项的赵女士讲出来的。赵女士身材瘦弱，却底气十足，侃侃而谈，看得出她热爱瑞士，希望大家也能爱上它。她还提到拥有瑞士和南非双重国籍的世界级偶像人物——网坛天王罗杰·费德勒。费天王是健康向上、富有活力的瑞士人代表。他以全面稳定的技术、华丽积极的球风、绅士优雅的形象晋升为史上最伟大球员之一，斩获不下二十次世界冠军，六次捧得劳伦斯杯，在慈善领域也表现出卓越的引导力。

令人不解的是，瑞士这个最富裕的国度，自杀率竟然位居全球前列。同学们和施大爷探讨，其解释也难以令人信服：生活无忧，没了追求，活得没了目标……

是啊，瑞士是全球少有为瘾君子提供合法吸毒场所的国家。政府还出资帮助他们慢慢戒毒，提供干净的注射器和限量药品，据说还真的降低了吸食毒品造成的社会负面影响。

安乐死在瑞士也不违法，只不过要由授权机构在优雅的环境里让顾客有尊严地享用，因此，不乏欧洲其他国家的公民到这里寻求善终。这事听听就让人头皮发麻，越想越瘆人。

/银/色/国/度/ 一位金融人的瑞士考察之旅

瑞士银行的理性选择

来到瑞士的第三天,终于可以结束从酒店到教室两点一线的日子了。上午结课后,校方组织大家到一楼教师餐厅外的空地等车,前往阿尔高州首府阿劳市。

大巴车驶出奥尔滕市区,沿着并不宽敞的柏油路向苏黎世方向行进,约二十分钟后到达阿劳市。

学员们跟着瑞士培训项目的负责人——一个名叫施亚明的中国女婿,径直奔向名叫"雅静"的中餐馆。

上菜了,问女服务员:"一共几个菜?"

"五个。"

好奇怪的数字。

牡丹江农村信用合作联社王良主任满脸挂笑地问道:"老板是大陆哪里人?"

"中国香港人。"

她这句话成了拌饭的极品辣酱。大家好一番感慨,祖国越来越强盛，民族自豪感越来越强烈，连香港人都主动说"中国香港"了。是啊，今天的中国已经是世界第二大经济体，人在国外，感觉腰杆都硬挺了许多。

下午的访问对象是阿尔高州州立银行。

在瑞士，UBS（瑞士联合银行）和Credit Swiss（瑞士信贷银行）是占据国内二分之一市场的大银行，而二十六个州的二十四家州立银行位于第二层。这二十六个州本来各有一家州立银行，无奈其中两家经营严重亏损，被州政府强制拍卖；再就是特色经营的民营银行了。

两位主管公司业务的部门负责人作为主讲嘉宾在州立银行三楼中型会议室为同学们做了业务介绍。我事先受郎团长委托，要和王良一道给老师们颁发礼品，所以坐在第一排，老师的眼皮底下。所幸，我对阿尔高州立银行经营理念和市场状况有一定了解，知道州立银行的核心业务就是支持中小企业发展和养老金保值；不好的是，老师的表情虽然丰富，但用的是掺杂英语的德文，很多内容是空泛的瑞士银行业架构介绍，这几天已听了多遍，实在有些吃不消，上下眼皮直打架。

困的原因有三：一是时差还没倒过来；二是头天晚上三点就醒了，写见闻用去两小时；三是从奥尔滕来阿劳市的路

/银/色/国/度/　一位金融人的瑞士考察之旅

上,看了一路风景,根本没休息。

终于熬到茶歇。我先去用凉水洗了洗脸,在会议室外的餐厅接了杯咖啡。平时在国内,从不敢下午喝咖啡,一旦中午12点后喝了咖啡或低发酵度的茶,尤其是绿茶,晚上必定失眠。顾不上那么多啦,先解决下半场睁不开眼睛的问题。

黑河农村商业银行的安董事长,气宇轩昂,身高一米九几,一个苹果三下五除二就吃完了,转眼又来一个。我想,他不是饿了,也不是在补充维生素,前天下课后见他在Coop超市买了一大袋子橘子,唯一合理的解释就是和我一样,犯困得厉害。

龙江银行年轻漂亮的人力资源部女老总郭林给我们几位一人一块巧克力。我注意到了她和培训项目组长施亚明的对话。

"哪种巧克力好吃?"

"在瑞士,没有不好吃的巧克力。"好自信的回答。

后半段的课我不再犯困了。咖啡货真价实,作用显著。坐在那里,我能感觉到自己略显剧烈的心跳,上半身肌肉好像都跟着一颤一颤的。每次体检,医生都会格外认真地研究我的心电图。虽然每次都盖印"正常",但回回都让我心有余悸。平时喝酒多了,次日心脏就会有"嘶嘶啦啦"的痛感，于是暗下决心戒酒，但总是好了伤疤忘了疼，酒照旧喝。

茶歇后的讲座很有深意，我听得聚精会神，浮想联翩。

阿尔高州立银行向各类经济主体投放贷款，这是最核心的营收渠道，极少变相操作投行通道业务。他们不提倡、不鼓励规避监管、投机取巧，想都懒得想。

两位主管说的就是前些年国内银行获取巨额利润的非标和通道类监管套利业务，资金在从银行到达实际使用者之前，在证券、信托、基金、金融租赁、保险或不同类别、不同监管区域的银行间流来转去，虚生各方收益，最终将增大的成本全部转嫁到实际使用者身上。

中国的状况远比瑞士复杂得多，政府依据实际适时做出了合理安排，明确要求银行大力支持实体经济。瑞士人从来就没糊涂过，该国银行业一直脚踏实地，以较低的利差从实际贷款使用者创造的增加值中合理分润，与客户共同相伴成长，而非利用行业垄断优势和对稀缺资金的掌控哄抬价格，巧取豪夺，竭泽而渔，破坏社会经济的均衡，以及可持续发展性。

最让我甩掉倦意的是负责翻译的蒋教授，五十多岁，花白头发，蓬松自然地向后梳起，不加修饰，上身淡绿色细条

/银/色/国/度/　一位金融人的瑞士考察之旅

纹休闲西服和浅灰色衬衫肯定是大超市里买的,不是说买不起好的,是人家根本不追求虚浮。蒋教授其人德语、英语皆流畅自如,能在中国人极少的瑞士西北应用科学与艺术大学当教授,可见水平不是一般的高。有他出现,足以说明这个项目是受到高度重视的。应该说,他是这个培训项目中不可或缺的良师益友,在学习和生活各个方面对我们的帮助是巨大的。

可能是学机械专业的缘故,蒋教授翻译到"quick ratios"时跳台了。毕竟是久经沙场的老将,不乱方寸,用提纲中的现成内容"充数",听众竟没有丝毫反应。

这让我忆起当年在中国银行工作时,到上海徐家汇国际金融学院参加香港银行家协会(Hongkong Institute of Bankers)入学选拔考试时的情景。

考题中有一个名词解释"opportunity cost",之前我从未听说过,只好胡编一气:有个客户按约定海运一批货物到韩国某港口,后者变卦不要了;恰巧有别的客商需要,价高就赚利,价低就赔本。这肯定不是准确答案,但多多少少沾点边,没准儿能得分呢?反正最后自己是脱颖而出,百里挑一地考上了。

其实,"quick ratios"说的是速动比率,反映的是短期偿债能力。我在可以自由提问随时发言的课堂上忍住了，看着蒋教授头上的细密汗气，心里坏坏地偷笑，困意全无。

  阿尔高州州立银行一街之隔就是一个UBS（瑞士联合银行）的分行，我和杨金波、张海峰推开大门就走了进去，身后不声不响又跟进了几位。可以试试自助设备嘛！杨金波把卡放进ATM机，一番操作后，机器吐出了十张二十元面额的瑞士法郎。咦！真方便，不用到处换零钱了。手机"滴滴"响起了提示音，杨金波低头一看，惊呼："手续费怎么这么高！人民币十八元啊！"旁边一位不声不响地退出了本已放进ATM机的银行卡……

/银/色/国/度/　　一位金融人的瑞士考察之旅

名人接风晚宴

第三天晚上，西北应用科学与艺术大学商学院安排了正式欢迎宴会。

六十一岁的院长努迪教授曾在2014年荣获时任国务院副总理马凯颁发的中国政府友谊奖，受到国务院总理李克强的接见，并受邀参加了庆祝中华人民共和国成立六十五周年的招待会。该奖项是中国政府为外国专家颁发的最高奖项，旨在表彰在经济、科技、文化、教育等领域为中国经济建设与社会发展做出杰出贡献的外国专家学者。

西餐馆干净整洁，靠墙随意摆放着十几个树藤工艺品和每根两米多长的号角形状灯饰。餐桌上除餐盘、刀叉、酒杯外，还放了奶酪和一小碟橄榄油。从星星点点掺杂英语拼法的菜谱上，我看出头一道是蔬菜鱼肉汤配面包，主餐是鸡肉、土豆配米饭，甜点是热带水果大全，酒有两种：2016年瑞士产白葡萄酒和2015年同样瑞士产的红葡萄酒。中瑞双方共三十人,分三桌坐定。我挑了主桌右侧的桌子。努迪院长、蒋教授、施亚明和商学院负责总务的露丝女士都坐在中间的桌子。施亚明是东方身材西方脸;露丝女士比培训团的好多人高出一头,领口开得很低,事业线若隐若现,刀条形的脸庞与其纤细的身材成正比。

努迪院长和郎团长分别认真地致了祝酒词,这个不说都知道啥内容。

进入美食美酒环节。我所在的这桌颇为热闹,性格爽朗的大兴安岭农村商业银行的王伯东监事长一口好听的甘肃口音,他和另外几位同学要了红和白两种葡萄酒,个子矮,胳膊短,挥舞间把酒杯碰出了裂缝。大伙儿不习惯吃一盘菜,全桌人面包片要了好几次,红酒添加数次。

我提议,全桌十一人分三组轮流去主桌给努迪院长敬酒。考虑到对方的年龄,敬意点到为止,不能逼着人家硬喝。众人赞同。我带领三人先动,起立,端杯来到努迪和郎团长面前,蒋教授主动站起来做翻译。

"努迪院长,感谢您的盛情款待。我们在这里很开心,学习很有收获。我们这杯酒祝您身体健康!"

"Cheers!"

另一桌同学也启动了敬酒程序，宴会热闹起来，西式宴会有了中式风格，本来安静的大厅变得人声鼎沸，主导宴会的不再是瑞士一方，同学们反客为主。

不知是出于主动，还是受了郎团长蛊惑，努迪院长端着酒杯挨桌敬酒来了，竟然在每桌都给自己重新倒上，满面笑容，大声吆喝着一饮而尽。

这一晚是名人给众人接风，而不是众人给名人接风。

有趣的翻译软件

午餐设在伯尔尼近郊某小镇的一家柬埔寨人开的中餐馆。还别说,五个菜端上来真比前几天吃的任何一家中餐馆都强,虽然炒鸡蛋看上去掺和了大比例面粉,溜鱼段混合着菠萝块,总算不那么咸了。

说到来时风景,我的脑海五味杂陈。这里虽已进入深秋,却依然生机勃勃,满山遍野密布着树林。阳光照射下,大自然随心所欲伸展着一团团树冠,构成了连绵起伏的绿世界。

经过村镇时,低矮、独立的别墅群让我联想到原始部落、田园艺术、安居乐业、高品质建筑等关键词,不得不感叹当地市政设施配套合理,一派和谐景致。

首都伯尔尼让我看到了久违的城市风情。大巴车驶过使馆区,街道两边皆是两三层独栋楼的使领馆。美国大使馆离瑞士国会大厦很近,金属围栏有四五米高。司机介绍说,守护人员在特朗普总统上台后增加了一倍。

斜跨装着护照和现钞小包、年龄最大的郭宪文大哥非常热心。他从前也是农联社的管理干部,曾帮过团里好多人,前不久刚刚陪夫人去过澳大利亚,有比较丰富的境外活动经验,教会好多人使用"有道翻译官"软件。

还别说,这个软件还真派上过用场。我陪张海峰理事长到药店买药,就是用它查找到"痛风"这个病名的。

还是在伯尔尼的这个小镇,团队在一家名为"美味思"的中餐馆用晚餐,院子门口立着一块牌子,上写:Quick Response Take Away.大家拍照后用翻译软件翻译过来,一看结果:快速地拿旁边去。啥意思啊?全都懵懵懂懂。鹤岗王金生主任就问我,我轻笑道:"外卖,无须久等。"

嗨!

访问金融监管局

这天13:30,离约定访问FINMA(金融监管局)的时间还有一个半小时,校方陪同兼翻译赵老师建议大家在国会大厦前后转转。

国会大厦沿街几百米而建,正面看只有三层楼高,后面看又多了几层,庄严恢宏,中央拱起穹顶,穹顶尖竖立着金色十字。该是国徽吧!我想。

大家顺着国会大厦主体两侧远看像画框一样的通道来到后院。我发现,国会大厦凭高而建,楼后观景围墙有长长的台阶通向山脚,山脚下,大河旁,是一片片古朴的民居小楼。贴靠低矮厚实的围墙摆放了很多小桌子,这和宽阔的内广场构成统一的景致,聊天的、赏景的、吃快餐的、晒太阳的,各色人种应有尽有,一派优哉游哉的氛围,很难想象这是国会大厦的脚下。

国会大厦前的城区建筑古朴典雅,和上海外滩、大连中

/银/色/国/度/ 一位金融人的瑞士考察之旅

山广场的建筑群相像。如此具有历史积淀的环境可以让现代人想象出几辈子前的祖辈们的生活状态，也可以想象到未来几代人的幸福生活场景。

国会大厦正前方一街之隔就是繁华的商业街，有轨电车穿梭其间，街边摊贩众多，遮阳棚下吃吃喝喝的人还真多。

佳木斯农村信用合作联社张海峰理事长拉起我就走，"跟你一起能说明白，还走不丢。"

七二年出生的张理事长对皮具、鞋、珠宝和手表表现出浓厚的兴趣。我陪他转了十几家店，终于在一家看中了一条镶嵌钻石的项链。英语颇有些吃力的女店主表示可以给十个折扣点，张总算了算汇率，还有有点犹豫："人民币两三千呀！"

"不管给媳妇，还是给女朋友买都要毫不犹豫才对。"我怂恿道，真是不花自己钱不心疼。

银联卡在这里好用，为了媳妇，张总还是下手了。

FINMA（瑞士金融监管局）五到六层的楼房方方正正的，并不高大，转门也不气派，门内大厅大致有八十平米。地面、墙角和棚面皆为素灰色，棚面人造石板带有密布的沙孔，既减轻重量又降低噪音。接待台后坐着两位身着便装的女工作人员，提醒正转圈拍照的田雪和叶佩两学员注意安静,大家可以先到大厅靠里侧的沙发上休息等候。接待台一端的柜台上摆放着几个外皮泛着褐黄色的小南瓜,好多瑞士商场、饭店等公共场所都会摆放这种东西。可能是瑞士人偏爱大自然的恩赐吧?

一位瘦高的官员作为讲师给我们介绍情况。他说,金融监管局是拥有独立法人资质的机构,总部设于首都伯尔尼,苏黎世也有分中心,监管局直接效命于瑞士议会,从机构、功能和财务上独立于联邦中央政府和财政部。其监管范围包括瑞士的银行业、保险业、证券交易所和证券交易商,还涉猎各类金融中介,如外汇交易商等。新涌现的210多家Fintech类公司虽不在其监管范围内,但也由其提示注意事项,并定期收集专门事项报告。

UBS(瑞士联合银行)和Credit Swiss(瑞士信贷银行)都属世界顶级的大型机构,业务量占到瑞士全部银行的一半以上,FINMA专设了一个特别的部门监管它们。

据瘦高讲师的说法,中国在前一个时期模仿了英国的分业监管方式,可随后,英国又实行了集中监管。中国是否也会走到集中监管的道路上去呢?

同学们本就来自不同的金融领域,讨论热烈,也不乏共识。

金融监管在中国经济与社会发展现阶段，应加强统筹协调，要有针对性地解决随金融混业经营和金融创新传导而来的系统性风险。如监管套利现象，就是当下中国金融市场的重大不稳定因素。实行集中或联动监管，能在各个金融子领域内实现到位的"穿透"监管。金融监管架构还要有利于构建金融有效服务实体经济的支持体系。

讨论归讨论，对于中国以后坚持分业监管，还是变为集中监管，同学们的意见是一致的——这不是我们可以决定的东西。无论如何，瘦高个官员的意见是旁观者的见解，并且是善意的。

时间银行

离开爱因斯坦故居所在地伯尔尼，沿着贯通伯尔尼和苏黎世的高速公路返回奥尔滕，赵老师纤瘦的手指指向右侧，道："远处连绵起伏的山峰就是阿尔卑斯山，从这里可以看到位于右侧的少女峰，与之相对的是僧侣峰。"

举目望去，阿尔卑斯山呈现出的是白茫茫一片。

"晚几天，我们会去的。"赵老师补充了一句。

六点钟刚过，高速路上出现密集的车流，大巴车根本跑不快，走走停停的，不是说瑞士实行弹性工作制吗？不是说有条件的公司实行早上班早下班吗？看来还有更多人遵循相同的工作时段。

所谓"早上班早下班"，意思是人们可以把工作时段规定为早六点到午后三点，也可以是早八点到下午五点，中间一个小时或稍微多点时间吃午饭，保证八小时法定工作时间。瑞士有百分之五十的公司是单雇员公司，也有很多公司

/银/色/国/度/　　一位金融人的瑞士考察之旅

只有三五个雇员,员工只要在时间上能确保与各关联方进行有效联系即可,弹性不可谓不大。这也让我想起刚听说不久的关于瑞士"时间银行"的故事。

"时间银行"由瑞士联邦社会保险部开发。基本意思是人们把年轻时以志愿者身份照顾老年人的时间存起来,在未来自己年老或患病需要他人照顾时,再拿出来使用。真是个不错的构想吧!

申请者要身体健康,善于沟通,心态阳光,充满爱心,确保有充裕的时间去照顾需要帮助的老人,其服务时间会计入社保系统的个人账户。

时间银行的工作人员负责安排服务对象,这些服务包括帮忙做家务,陪伴老人外出散步、聊天,去超市购物等。服务满一年,时间银行会统计工作时间,并且颁发一张时间卡。待存有服务时间者患病或年老,无法自主活动时,就可以凭卡支取时间,更奇妙的是,居然还有时间利息呢!届时,就会有专门义工到医院或家中照顾他们。

瑞士人这一设计周全并且充满人性,对于已存储好时间,但最后没有使用的老人,时间银行会把小时数折算成钱或物,送还给老人。你说讲究不讲究?

瑞士的时间银行养老政策符合时代的要求,为国家节约养老开支,同时解决了人们孤独终老的社会问题。

这个本属于老年人的事,竟然引起瑞士半数以上年轻人的兴趣。施大爷的太太就在六十四岁退休后成为了该政策的受益者。

/银/色/国/度/　　一位金融人的瑞士考察之旅

金融博物馆秘闻

自从走出奥尔滕，去了阿劳市，特别是到过伯尔尼后，我慢慢有了"人在瑞士"的感受。等再到苏黎世、日内瓦，特别是来到阿尔卑斯山之后，更确信了自己的坐标是瑞士，而非其他欧洲国家。

苏黎世，我们来了。

从奥尔滕到苏黎世，大巴车顺畅地跑了四十五分钟。车子没进主城区，径直驶到市郊的金融博物馆。该建筑有五层，体量很大，进到一楼大厅才知道，只有楼下的一小部分是博物馆。全部馆藏由图片、股权证和影像构成。如果不是扎小辫、拿红丝巾当领带的帅哥讲解员细致到位的讲解，真会让人感觉这是民间收藏室。

在这里，我看到了斯柯达公司创始人的照片和公司初创时发行的股票，通过讲解知道，该公司原是制造坦克的。展厅里还有不少如歌德这样的名人塑像，大多是头像，唯有前不久刚去世的《花花公子》杂志创始人Hugh Fenhner是全身像，身着收腰蓝格西服，嘴上叼着烟斗，烟雾缭绕在头顶，身体前倾，双手左右分开，扶着楼层栏杆，风流倜傥。遥想当年，Hugh Fenhner募集资金筹办杂志，首期出版时甚至连刊号都没有，连他自己也不知道以后能否持续下去。其母不知儿子在做些什么，反正成了出资最多之人。"花花公子"的股权证上端印着一位美妇人，露乳侧卧，神态安逸。据传正是老板的母亲，无从考证，看过一笑了之。

博物馆中摆放的英国东印度公司发行的原始股票看不出什么特别，倒是其背后的故事给我较深刻的印象。

十八世纪末，从东方神秘国度运回来的香料大受推崇，英国商人难以抵挡高额利润的诱惑，冒着船被海浪打翻或被海盗劫掠的巨大风险，从印度运花椒粒回欧洲贩卖。谁能想到，当时的大富豪均被称为"花椒袋"。生意赚钱了，分的不是金子，而是花椒。这事放今天，打死也不会有人相信，但这就是历史！

怎么做到又赚钱又能降低风险呢？

做香料生意的英国商人合起伙来，多少是你的，多少是他的，多少是我的，共担风险，共享利润。大家携手弄出个东印度公司。最牛的是公司拥有自己的军队，负责保卫自己

/银/色/国/度/　一位金融人的瑞士考察之旅

的资产，防止流失。

知道最重要的资产是什么吗？——奴隶！

东印度公司拥有自己的军队，有战争和议和的权力。印度就是被该公司殖民化的。谁能想到，这事竟然不是英国政府干的。

大事让人叹为观止，小事也让人难以忘怀。

瑞士企业发行股权证的历史久远，即使在久远的过去，也有到位的细节考虑和节能环保意识，废物得以循环利用，不由得让人惊叹万分。

股权证上半部分是证明文件，下半部分是几十张排列印刷的股息领取凭证。有状如卡尺专门切割股息凭证的工具，还有对凭证做报废处理的打孔机。这都不算什么，最了不起的是，用碎纸机碎掉的纸沫经过真空挤压包装，用于火炉的生火取暖。

博物馆内还有关于汽车限速的介绍。汽车出现后，速度被严格控制在四十迈之内，原因是当时一位知名的英国医生宣称，人无法承受超过四十迈的速度，过快会引起一系列疾病，乃至早衰。简直是耸人听闻！可能该医生严重晕车，才借自己的名气发挥影响力，偏偏这成了约定俗成的行业标准。怪哉！

依旧是这个大名鼎鼎的医生,宣称吸烟有助于口腔保持气味清新,引得众人吸烟保健,影响力持续至今,瑞士街头巷尾随处可见吸烟的女人。我上下课经过的校园,身材苗条的女大学生三三两两叼着细长的烟卷吞云吐雾,倒也是一道风景。

瞧瞧,金融博物馆里有的可不只是与金融相关的东西。

/银/色/国/度/　一位金融人的瑞士考察之旅

苏黎世如此美丽

快速结束金融博物馆之旅，朝着向往已久的苏黎世进发。我脑海中想起了那首熟悉的旋律：雄赳赳，气昂昂，跨过鸭绿江！

这一次跨过的是瑞士力玛特河，河水清清，清澈见底，难得一见。我瞄了好一阵子，居然没看到鱼。我想到小时候距家百米外的大河——挠力河，那里的水也清。

挠力河河面宽阔，有三十到五十米的样子，稳水处较深，接近柳叶的绿色，而水流湍急处较浅，却呈蓝色。晴朗天气里，岸柳倒垂，水天一色。我在深水处钓过大鲶鱼、鲤鱼、鲫鱼；在浅水处钓过白鲢鱼，还在岸边钓过泥鳅、柳根儿、川丁子……挠力河给我的童年带来了无尽欢乐。夏天钓鱼、游泳，还在河边小树林间的草地放过小山羊呢；冬天，在镜子般的冰河上像飞翔的鸟儿一样，鞋下面绑着自制的靠两根粗铁丝降低摩擦力的滑冰鞋，划来溜去好不惬意。

那时候，没见过芒果、香蕉，连苹果也见得少，梨冻得跟黑铁球一样，用水缓过来，软和了才砸吧着酸酸的汁液和口里流出的酸水吃。挠力河两岸天然生长的山丁子、臭李子、山里红就是我的水果。

挠力河宏大、富饶，有气势，有气度，永不停歇的流淌声就是伴我成长的纯净音符。别以为我是敝帚自珍，这条不太知名的挠力河可是乌苏里江的两大支流之一，而乌苏里江是黑龙江的两大支流之一。

说回苏黎世，简直是个美人！全城最高楼三十五层，且是独栋，鹤立鸡群，顶楼餐厅因视野开阔而驰名，想就餐的话，要提前半年预约。菜式嘛，据说做得很自以为是，价格不菲倒是真的。

苏黎世中心有两条河穿境而过，我和同学们看到了其中的力玛特河，水流不息，可以直接饮用。

不来苏黎世，以为瑞士全境都是田园风光，到了伯尔尼和苏黎世，特别是在繁华商业区逛一圈，就生出置身巴黎、罗马之感，建筑风格相近，一派欧陆风情。

苏黎世是瑞士最大的城市，公元前15年由古罗马人始建，目前40万人口。这个力玛特河流入苏黎世湖入口处的美丽花园城市的现代建筑群，通过迷宫般的羊肠小径，与苏黎

/银/色/国/度/　一位金融人的瑞士考察之旅

世旧城连在一起。立玛特河将苏黎世分成东西两部分，两岸均有诸多颇具历史性的瑰宝级建筑。旧城区中布满了大大小小的精品时装店、酒吧、咖啡屋、古玩厅等。

苏黎世是全欧最富裕的城市，亦是全球拥有最优生活水准、最高物价、最低犯罪率的城市之一。依山傍水的优雅环境、香甜怡人的空气，令其连续多年获评世界上"最宜居城市"之一，2014年，更在联合国人居署"全球最佳宜居城市"评选中位居首位。

苏黎世与中国昆明是姊妹城市。我去过国内好多地方，尚未到过春城，回国后要抓紧补上这一课，何况，那里的菌菇宴还远近闻名。

作为欧洲特别是西欧重要的经济、金融和文化中心，苏黎世堪称国际大都市，是国际足球联合会总部所在地，瑞士规模最大的苏黎世大学亦在此处。瑞士曾留下很多历史名人的身影，如我们国人耳熟能详的列宁就曾在苏黎世城内进修学习过。

苏黎世集中了120多家银行全球及欧洲区的总部。瑞士银行业高效严格的保密能力，使苏黎世成为全球最主要的离岸业务中心。

水泥灰色的苏黎世火车站气势恢宏，整体规模在欧洲排名第二。从外面看,火车站有四五层楼高,内部却是空旷的巨大厅堂,四边是贩卖饮品和旅游纪念品的商亭,中间却是可四面穿行的街道。火车站到苏黎世湖之间正好是最繁华的街区——班霍夫大街,边走边逛,如果不买东西,也就半个小时路程。

苏黎世湖犹如一弯新月倚于市区东南端,长达三十余公里,从我脚下的游船码头伸向远方。两边是尖顶林立、高低错落的城市建筑,前方远处的临湖山坡上是漫山优雅的别墅群,更远处是层层叠叠起伏的山峦。最壮丽的景观在最远处,那是白雪皑皑、冷峻庄严的阿尔卑斯山。蔚蓝色的天空映衬着碧绿的湖水,点点白帆摇曳着湖上的云彩,美轮美奂。

湖中,数百上千只天鹅和不知名的鸥鸟或水中戏游、或空中翱翔,远处另一侧岸边有人在喂食,引得成群的天鹅翻飞,似一片跳脱的白云。

一艘三层楼高的大型游船从远处驶来,大家举起相机、手机,一通猛拍,待船到近前,才看清船舷上的船名:力玛特号。

苏黎世湖的北岸为富人居住区,号称"金岸",南岸称为"银岸",也很了得。

遇见几位中国游客，几个女士正探讨着是否可以坐在码头栏杆上拍照，我马上制止她们："你们看哪有人上栏杆呀？"

一名背包客听见中国话，马上凑近搭讪："也是来旅游的吗？"

"是的。"

"我们从法国到意大利，昨天又从德国斯图加特到了这里。斯图加特，你知道吗？就是造奔驰的地方……"这家伙明显是个话痨。

"快抓紧逛街吧！苏黎世的商店歇业早……"

一转身，就没人影了。

用午餐的中餐馆有一个颇有诗意的名字：别样馆。近前细看，英文名字居然是"BEYOND"，原来是音译，即使如此，也颇显水平了。同学们追问那英文单词啥意思，"beyond"的本意是"超越"，我解释为"远方"，问的人便若有所思：心系远方，思念亲人。又是免不了一番慨然。

创新企业孵化加速器

这天下午,参观了创新企业孵化加速器。首先映入眼帘的是楼内由多个废弃集装箱改制堆砌而成的三层办公单元。集装箱货真价实,我敲了敲锈迹斑斑的墙体,如假包换的原装货!很干净,手指没沾上半点灰迹。每个单元由来自不同国家不同公司的创新团队租用。

该中心在易拉宝上印出的口号可以言简意赅地概括其功能:Got a great business idea, make it happen in Zurich,可译为:让您伟大的商业理念在苏黎世成为现实。

这家创立仅两年的机构,受到全球高科技创新企业的高度关注,申请到这里接受辅导的加速企业第二年就比第一年翻了一番,达到15000家。当然,实际选中入围的寥寥无几。

从众多申请入围者中脱颖而出的屈指可数的创新企业,随后入驻这个紧贴力马特河岸边的孵化加速中心,在高素质

/银/色/国/度/　　一位金融人的瑞士考察之旅

专业教练和大多来自各类别金融机构的导师陪同下进行为期六个月的强化加速。他们会在五个方面得到培训以助其成长，帮助那些只懂技术、不懂营销的从业者头脑清醒地进入市场。这五个方面包括：愿景、团队和战略，业务、产品和技术，市场营销和销售，法律法规，整理演示和毕业。

一家打造智慧城市的美国公司和一家从事人脸识别金融科技的法国公司的老板和我们谈了已经进入11周的孵化加速器的好处，纷纷表示他们在理念、技术和进入市场方面得到了不小的帮助。

那个法国小伙子有些腼腆，说话既不看听众，也不看翻译赵老师，声音细柔，弄得赵老师不得不提醒他放开音量。负责整个过程主持工作的是一位美国胖妞，腰粗粗的，腿胖胖的，脖子上系着条围巾。坐在我身边的来自伊春农村商业银行的俊小伙王德刚蛮有把握地告诉我，那肯定是当地生产的围巾，估计他是逗我开心。我点点头，没说话，那明明就是典型的Burberry的花格子。

巴塞尔：银行人心中的圣地

巴塞尔是瑞士第三大城市，人口约十七万，仅次于苏黎世和日内瓦，为巴塞尔城市州的首府，位于瑞士西北三国交角，西北临法国阿尔萨斯，东北与德国南北走向的黑森林山脉相连，莱茵河在此穿城而过，将其一分为二，西岸区域较大，称为"大巴塞尔区"，小巴塞尔区则位于东岸。

巴塞尔中心由围绕着市政大厅的建筑群及十四世纪建成的巴塞尔大学构成，出于保护古迹的考虑，除了装载游客的电车外，不允许任何排烟的机动交通工具行驶。

巴塞尔的整体气质与伯尔尼、苏黎世风格迥异，或许因为工业化程度较高的缘故，也可能是和他国接壤之故，受德国的影响更多，简约建筑明显多了起来。

瑞士最大的化学制药企业诺华公司（Novartis）和罗氏集团（Hoffmann-la Roche）两家总部占据了巴塞尔近四分之一城区面积，都是连签证亦可自行办理的国际化大企业，员工来自七十多个国家。而员工停车场用的竟然是法国的土地。

大巴终于来到位于德、法和瑞士交界处的巴塞尔市。

来的路上，走的是山路，忽上忽下。半山腰已是云雾缭绕，山顶更是一番仙境了。早八点的天空本是蔚蓝色的，却被天际穿梭往复的飞机拉线画出纵横交错的格子，原本以为的那些雾霭竟都是它们散开后的遗迹。

左侧山坡的绿草地衔接着茂密的森林，靠近山林的草坡上，数十头黄白花奶牛悠闲地吃草，右边又出现了只有一位球手打球的高尔夫球场。翻译郑大姐转达了瑞士导游的话，高尔夫球场是当地农牧民增加收入的一项副业。

一进巴塞尔城区，抵近莱茵河，公路右手边就是德国火车站，而瑞士的巴塞尔火车站则位于城市中心。突然有点发懵，国与国的界限有些让我有些混乱。

巴塞尔国际机场是名副其实的国际范，瑞、法、德三国共用，下飞机出机场，本是去瑞士，搞不好就跑到法国那边的出口了。

早年，我曾在中国银行新加坡分行工作过，当时就明显感觉外国人对国家的概念不像中国人这般清晰，这样强烈。新加坡人爱说你是北京人、台湾人，年中或年终奖励员工旅游会直接表明夏威夷、巴黎等，不会说美国夏威夷、法国巴黎，而我们往往会更强调国家。当然，近几年，我们也在与时俱进，潜移默化地发生着变化。

作为国际银行界共同遵循的风险资本约束机制达成、签署、发布之地，巴塞尔成为全球银行人心目中共同的圣地。世界上成立最早的国际银行组织、在国际金融界有着举足轻重影响力的国际清算银行（BIS）就设于这个刻意保持低调的城市。

《巴塞尔协议》是银行界高层管理人员耳熟能详的文件。这是BIS下属银行业条例和监督委员会常设机构——巴塞尔委员会于1988年7月在瑞士巴塞尔通过并颁布的。它是关于"统一国际银行业资本计算和资本标准的协议"的简称。该协议首次建立了一套完整的、国际通用的以加权方式衡量表内、表外风险的资本充足率标准，起到了有效扼制与债务危机有关的国际金融风险的作用。

/银/色/国/度/　　一位金融人的瑞士考察之旅

周末好时光

大巴车停在三国交界处的码头上。

码头上停了一艘百米长的豪华三层游船，顶端是敞开式的活动区，船舷上下各一层，从外面可见内部布设有别的房间。船头部分是封闭式的双层餐厅，看得到吧台和演艺台。一些人车停在码头，拖着大大的旅行箱，陆陆续续向游船汇聚。

大家边看边感慨，这才是度周末的样子，船行到哪里，就舒舒服服地玩到哪里，生活多美妙！

一处高高耸立的以国徽区分的三棱地标成为大家拍照留念的好背景。我走在被翻译郑大姐称作"布大爷"的瑞士导游身边。他指着左前方告诉我，那是法兰西；我又转身翻译给同学们。布大爷手指着与法兰西那边一座弓形大桥相连的建筑群说，那里是德国。我们的脚下自然是瑞士，而连接德、瑞的居然是一座毫不起眼几十米长的小桥。

地标旁边还有一个瓶起子状的专为游客做摄影背景的小设施，背对法、德的方向写着如下文字：Basel, grand tour of Switzerland，即"巴塞尔，瑞士旅游的伟大景观"。

布大爷告诉我，二次世界大战期间，这里高度危险，天天处于恐慌之中。希特勒原计划拿下摩洛哥后回程顺道将瑞士收入囊中，但没想到，他迅速成为战败者，瑞士幸免于难。

佳木斯农联社的张海峰理事长带了个微单相机，找我帮忙拍照，让我又想起前不久发生在他身上的一件趣事。

当时，我陪他到苏黎世火车站上厕所，厕所标示收费1.5瑞朗。看到别人把钱币投入门旁的投币机后，厕所门就自动打开了。可掏出的硬币只有一块，没有半块，一转身发现有硬币兑换机：嘿！天无绝人之路，活人不能让尿憋死啊！

我投进两个硬币，门开了，走进去，边解决问题边等张理事长，却迟迟不见人来。怎么回事？明明着急的人是他，咋还不进来？完事出来一看，张海峰还在反复不停地投币，投进去，"咣当"漏下来，取出来再投，再漏下来。张海峰的头上满是细密的汗珠，是急的，还是憋的？

"大哥呀,这一块五到了你手里咋成一块二了?刚刚给你那半块钱呢?"我有些失笑道。

也怪瑞士法郎硬币的种类太多。张海峰从兜子里掏出一把硬币,我从中又挑出一个半块的,投入机器,按下按键,门无声无息开了。张海峰已等不及了,"嗖"地一闪身,冲进了厕所。

午餐期间,布大爷多次强调这顿西餐要细嚼慢咽,和饭店里的当地居民一道享受周末时光。一对老夫妇点的是比萨,端上来后,慢条斯理地转动胡椒棒,然后各自取出一块细细咀嚼。吃完半天了,还坐在那里东张西望,也不说话,直到培训团队撤离,还没有走的意思。

门外圆桌旁坐了五个上了年纪的老人,每人面前只一杯啤酒,等我用完餐出门时,整杯啤酒都只是喝下去一半。这与平时在城里看到的不分场合吃汉堡、啃快餐的情形完全不同。

享受生活,享受美好时光,少不了美好的环境。

比之欧洲其他国家,瑞士更具清新感。古旧的东西虽多,但丝毫没有破败感。就瑞士本国而言,大城市彰显的是历史和文化,小市镇体现的是宁静、温馨、幸福的慢生活。

瑞士的城市化率超过73%，而中国到目前为止仅为47%。真希望生活在相同时代的人们即使身在不同区域，都能过上相差无几、称心如意的日子。城市化率和居民的幸福指数是密切相关的，它牵涉复杂的社会阶层分布和文化差异，有助于全社会的稳定和繁荣。

未来是美好的，但我们要全面振兴，建成真正的现代化强国，还有很长的路要走。

/银/色/国/度/　　一位金融人的瑞士考察之旅

莱茵大瀑布

这天,从早到晚都是和莱茵河相伴度过的。

在三国交界处,我请鹤岗农联社王金生主任转身背对河面,然后问他:"水是向左,还是向右流淌?"

王主任手一指,错了。

这一带河水波澜不兴,加之人们的注意力都放在三国交界上,王主任说错也不为过。

小时候就听过《莱茵河之恋》的优美旋律,因此,这天只要莱茵河映入眼帘,脑海就会泛起熟悉的曲调:

河流在诉说千百段旧情
河流在诉说声声叮咛
凝视你忧郁的眼睛
我真的不知你的心可会平静
河流像替我轻奏曼陀铃

悠悠地细唱心中恋情

摇着那小小花伞

看山色青青

你的歌可更动听

莱茵河畔

像画那样美

莱茵河畔

清新的意境

童话般的堡垒平添心中幻想

公主的恋歌今天再静听

莱茵河畔

像诗那样美

莱茵河畔

美丽而宁静

童话般的恋爱是多么天真

美丽动听

多么美妙的旋律啊！沁人心脾，经久不衰。

这天，我们在河上两次往返，去莱茵大瀑布时又过河从德国境内穿行八公里。沿着河边公路，看着绿树掩映下的碧

/银/色/国/度/　一位金融人的瑞士考察之旅

色河谷，以及临河而建的一排排三四层高的古堡式民居，时时感到自己深陷童话之中。

到达莱茵大瀑布（Rhine Falls），河水恬静的面孔突然大变，落差一下子变为二十多米。瀑布铺天盖地而至，水花四溅，场面雄浑震撼。远看，两块柱状岩石把瀑布一分为二，靠右岸的落差约十五米，靠左岸的约二十多米。瀑布中间的礁石地带，岩石在水间竟显露出碧玉的质感。我会不会是全世界第一个发现这一点的？

导游布大爷吹嘘，说莱茵瀑布每逢假期一天内就有数不清的游人，至少一千。这让同学们窃笑了半天：布大爷呀，您真是个没见过世面的瑞士农夫，一千人在中国稍有名气的景点简直是九牛一毛。可静下心来，仔细想想，这才是作为景点的最佳状态吧？人山人海，是看景，还是看人？

据布大爷说，每年初春的融雪时节，是莱茵瀑布水流量最大的时候。无论如何，它都是目前欧洲流量最大的瀑布，位列第二的是冰岛西北部的黛提瀑布。论高度，黛提瀑布当属第一，但宽度及水流量均不及莱茵瀑布。

由于水量丰沛，自十九世纪以来，这里就设有水力发电厂。充足的电力供应使得四公里之外的沙夫豪森得以工业化，市区有金属制品、纺织、钟表、啤酒酿造等工业，郊区有电解铝厂。被好多幽默的中国人戏谑为"爱厕所"的IWC（万国表）制造工厂就设在沙夫豪森。

想靠近瀑布中央的两座柱状岩石，须搭乘游船抵达。其中一座岩石上设有阶梯，可拾级登上插有瑞士国旗的顶端。每年八月一日，此处有烟火表演，庆祝瑞士建国。

瀑布下方百米开外处有游船码头。在这里，大家有了惊奇的发现：水中有一种背脊呈灰黑色乌压压成群结队的大鲤鱼。鲤鱼每条至少两斤以上重，根本不怕人。人到水边，它们不但不躲，还扭头摆尾涌上前来。

"在瑞士，啥动物都不怕人。"翻译郑大姐道。

我相信她的说法。上下课的路上，喜鹊、麻雀看到行人前面的食物，往往径直而去，无所顾忌。

布大爷给大家买好了游船票。那船看起来窄窄长长的，长有十米，宽有两米。两边船帮是长长的椅子，两侧乘客相向而坐；驾驶台在船中靠右，驾驶员站立着开船。游船的总载客量为四十四人。我是照着船舷上的德文字猜的，八九不离十吧！

游船离开码头，驶向瀑布，同学们骚动起来。站在中央的田雪总经理摇摇晃晃地上了船头台阶，拍景的同时吆喝离得近的同学给她拍这难得的景致。当地人稳坐不动，用奇怪的眼神打量我们这些穿得乌乌压压的东方人。驾驶员大声吆喝:"Sit down, please. Sit down. Sit down."

船头迎着瀑布,离水帘还有三十米,就已经水花四溅,水雾弥漫了。镜头湿了,衣服瞬间覆盖了一层水珠。驾驶员前进的同时将船转向左侧,右侧乘客一片惊呼,他们正好暴露在瀑布之下。持续二十几秒后,船随瀑布下方的涌浪驶离瀑布。穿防水服的常玉春忘了系上扣子,防水服成了蓄水服,引得大家一片哄笑。

游船转了一圈,再度迎着瀑布驶去。

这次是我所在一侧贴近瀑布,顶着满头水雾,看着身边翻腾不息的激浪,听着耳畔怒吼的水声,我忘记了一切,仿佛在浪涛和暴风骤雨中挣扎。

太过瘾啦!满船游客都成了落汤鸡,但欢声笑语不绝。

莱茵大瀑布不只是欧洲奇境,也是世界奇观。回奥尔滕的路上,大家还在津津乐道。

晚餐选在沙夫豪森的"中国城"饭店。沙夫豪森是历史名城,人口不足五万,城中街道两旁的古朴建筑上大多标有建筑年代。我注意到几栋是1601年前后的建筑。同学们在一栋阳台像灯笼的楼前拍了不少照片,阳台上雕饰的人物泛着金光。

"中国城"三字就是饭店名称。厨房面向客人座位敞开，是现在比较流行的"明厨"。中餐馆里竟然也有洋厨师在厨房里忙里忙外，有点小惊喜。服务员里有个东方小白脸，我用中文加比划向他要盛汤的勺子，没问题，送了过来；再比划着要他加半盆米饭，送回来满满一盆。当然，是直径十公分的公用小盆。原来是个"香蕉人"，虽有黄皮肤，内里西洋心。

　　莱茵瀑布一直是晚餐的核心话题，同学们互相转发着在瀑布区域互拍的照片，啧啧称奇。这番景致美得实在不像话。

/银/色/国/度/　一位金融人的瑞士考察之旅

欧洲最大盐仓

在瑞士吃的中餐无外乎几种，洋葱、黄瓜、土豆、青椒，调料中有两样使用率最高，一个是盐，另一个是咖喱。

我在天津生活多年，那真是个"盐为百味之王"的所在。大概过了半年多的时间，我才适应了当地菜肴的咸度。瑞士中餐馆用盐，有过之而无不及，边吃饭还要边喝水。顿顿开头端上来的葱花咸盐水就是传说中的汤。

记得一次在"瑞莲"中餐馆，口渴难耐的我问老板娘："洗手盆水龙头那里出来的水能否直接饮用？"

老板娘笑着点头。

出国前培训时讲过，瑞士公共场合的自来水都是可以直接喝的，山泉为源，比瓶装的矿泉水还要好。不过，瑞士北部山区的水质很硬，烧水时看得到水垢。我烧了三次水，两次泡茶，一次泡方便面。方便面是从超市翻腾出来的，小桶装，上面标注的是"亚洲辛辣味"。水开泡好面，没叉子，看了一圈，只有搅拌咖啡的小塑料棍可以用，只好将就了，反正没人看见。我捏着小短棍，又挑又吸，吃得有滋有味。

平时在酒店，我都是接着洗手间的冷水喝，没有异味。出门在外，水是一定要多喝的，去火嘛！和同学们喝酒后，更要多喝水，稀释酒精，尤其餐后，减低体内的盐分。

这个周末，我增长了有关盐的知识。

瑞士盐场在巴塞尔附近。学校把培训团的周末交给了旅行社，旅行社的安排中包括参观盐场。

工厂负责接待的是一位六十多岁熟知盐业历史的瑞士老人。老人一脸严肃，首先要求大家先去厕所，参观过程中有人带头有人收尾，队伍必须像部队一样行动一致。

在小会议室，播放了一个短片，德语解说，英语字幕。放映前，有人手持电话走出小会议室，瑞士老头马上叫停，一直等门口的人把接电话者喊回来。老人一丝不苟的态度可见一斑。

短片本是科普性质，却用心地加入了吸引人的情节：两男一女三个大学生，盘算着盐场库房中的巨大盐堆，实际上，可以称之为"盐山"。他们设想着带着滑雪板，自上而下，盘旋滑落。但库房里状况如何，需要先摸摸清楚。于是，女学生假扮成记者，戴上耳环窃听器，到盐场探秘；两

/银/色/国/度 一位金融人的瑞士考察之旅

个男生自然要保护她，在不远处尾随。女学生跟着工厂热心接待她的技术专家从办公室产品展览区到各个生产环节，最后是储存大量成品盐的库房，看了个遍；中间还被要求更换外衣，摘掉首饰，关闭库门时还引起了一系列的误会，让两个尾随的男同学莫名紧张，担忧不已。

同学们在幽默风趣的情节推进中，了解了盐的来历、用途。十分钟的短片让我对这个一辈子离不开的东西有更多的认识。

盐就是化学元素氯化钠，由两种元素组成。我的化学基础不错，高中同桌女生逢考必抄我的答案，可化学老师总以为出了两份雷同的试卷，抄袭的人必定是我。因此，同样的答案，我卷面还更工整些，却回回都是同桌女生分数高出个五到十分。

盐的来源通过三种渠道：一是海水灌入浅池，阳光令水分蒸发，结晶成盐；二是去除与矿盐共生的其他元素，取得纯盐；三是提纯加工藏在地下岩层中的卤盐。

瑞士盐场采用的是第三种渠道。

普通人每日的食盐需求量是5~6克，而我们通过一日三餐，以及含盐类零食等获得的实际摄入量大约为15~19克。这些盐分都留在体内无疑是有害的，幸运的是，依靠每天的对液体的摄入，可帮助我们通过出汗、排尿等排泄掉多余的盐分。

表情严肃的瑞士老人在引导参观时，告诉大家，德国趁着战争抢掠了瑞士的煤炭资源，瑞士只好改烧木材熬盐，后由木材改为木炭，方圆百里的木材很快就被烧光了。现在改用电能，耗电量通过多次技术改造已大幅下降。

他指着厂区边几处保存至今的抽取盐水用的井架告诉大家，这是最原始的技术，抽出的盐水通过松木掏成中空做成的管子输送到加工厂。这种木头连成的管路前后共耗掉了25万吨木材。

盐的用途我也知道一些，但从盐厂的角度，还是获得不少新知：盐不仅可以食用，还可以用于化妆品添加、洗浴保健、冬季路面融雪，做成空心圆柱，让马牛羊舔舐。

郭宪文大哥问："咱们国家有给牲口吃盐的吗？"

大伙儿摇头。实际真有，我也是后来听说，又上网查证过。

想起漫山遍野、悠闲自在的牛群，黑河农商行的安久龙董事长感慨万分："下辈子到瑞士当牛做马啦！"

"小牛可是长到半年就被宰杀掉啊！小牛肉嫩，味道鲜美。"我坏笑说。

"我当奶牛。"

哈哈哈哈哈……

大家前仰后合,捧腹大笑。

在巨大的圆球状盐库门口,瑞士老同志介绍说:"这是欧洲最大的盐仓,不知道是不是也是全世界最大的。"随后一改常态,开起玩笑,"你们现在可以默默许愿,不要和别人讲。进了盐仓后,用右手抓起一把盐,往左肩后方抛洒,这样就可以实现愿望。但你不能故意站在别人前面,把盐洒在人家脸上哦,呵呵!还要特别提醒大家,要是把头埋在盐堆四分钟,就会丧命的。"

顺便说一下,高高的盐山确实可以用来滑雪,如果有人真想这么做的话。

"工厂店"火狐城的一天

一直等大巴车回到奥尔滕酒店,才确定了周日早上出发去提契诺州火狐城的时间。瑞士法律规定司机休息时间不得少于11个小时,上一个行程不结束,无法决定下一个行程。周六的活动不到20:00就结束了,因此,确定次日7:30集合。

周日一早,布大爷准时清点人数,随后,大巴车向瑞士南部靠近意大利的火狐城(Fox Town)进发。不到三个小时的车程,预计三个半小时到达,因为路上要停车休息半个小时。昨天,从巴塞尔到莱茵大瀑布的途中就停了车,大家以为是为了给每个人买瓶矿泉水,谁知司机和导游在休息站各要了一份咖啡,慢条斯理、不慌不忙地品尝起来。服了,难道这也是在例行公事?

火狐城靠近意大利边境,号称"工厂店""打折村",相当于名噪一时的"奥特莱斯"。但规模上,和我去过的纽约

/银/色/国/度/　　一位金融人的瑞士考察之旅

奥特莱斯相差太多，倒是和悉尼的奥特莱斯差不多，连天津武清的佛罗伦萨小镇也比火狐城大多了。

瑞士旅游手册把火狐城介绍成购物天堂，培训团中好多人没来过欧洲，出国前又从自己老婆和别人老婆那里领受了采购清单，纷纷摩拳擦掌，生怕11:00到16:00的购物时长不够用。

我成了义务翻译，这边刚说完鞋码，那边又喊我帮忙买包，问是否还能来个折扣，折扣多少。

我那个不管上课抑或购物都随身携带的新秀丽双肩包成了引导消费的风向标。好几个人买了不同品牌的双肩包，连人高马大的安九龙董事长也在菲拉格慕店里把背带放长，可放到最长也背不到肩上，心里特别遗憾，掂量好几次，不得不忍痛放弃。

火狐城里的品牌有八成是见过的，整体上没有什么新鲜感。不知不觉中，四层楼转完了一遍，碰到的同学基本不空手了；再转一遍，两手都不空了；转到第三遍，很多人变成"载重卡车"。佳木斯农联社的张海峰理事长酷爱皮鞋，啥牌子都看，最青睐ECCO，挨个掂量，犹豫再三，花在看鞋上的时间不少于一个半小时，却一双都没买，估计已经修炼成皮鞋专家了。

我看中了一款Prada腰带，买回去给朋友是不错的礼品，165法郎一条，算起来比在国内买要便宜一大半。

"Hello, I want six belts."

"Sorry, We have only two."

两条就两条吧！在国外购物，一个成熟的经验是见到了觉得好，立刻买下来，通常没有回头的机会。

男售货员摘下挂在货架上的两条腰带，问了我一个莫名其妙的问题："Do you have a number sheet？"

"I don't know what you say."

"Moment, please."

让等就等吧！一分钟后，售货员从收款台背后的房间出来，手里没有腰带，却递给我一个纸片，纸片上是四位电脑打印的数字。我把纸片交给收款员，对方转身进了同一个房间，拿出了我要买的两条腰带，啪啪啪，电脑上一顿敲击。我没要求退税手续，刷卡付款，拿起包装进纸袋的东西，走人。

这套程序，估计经常逛商场的女人都很熟悉，但我茫然。

和王良一起买吃的东西时，看着玻璃罩子里各式各样的夹心面包，有火腿片的、火腿片和蔬菜的；有中间九十度直切的、四十五度斜着切的。我指着其中一款问站在旁边的瑞士服务员："What is the name for that？"

"Sandwich！Of course."

"哈哈哈哈……"

对方开怀大笑。

"哈哈哈哈……"

这回是我。三明治搞这么多花样干吗呢？真是穿上马甲就不认识你了。

记得早上从奥尔滕出发不久，坐在车前排的郎团长就大声提醒大伙儿："看左前方的雪山！"

远远望去，山外有山，远处更高，从近处绿色山峰顶部挣脱而出的远处山峰白雪皑皑的，却还隐现出凌厉的线条。听说瑞士雪山已经很久了，现在依旧是牛郎织女，两两相望却不能走到一起。不过不急，过几天就能圆梦了。

几天来，一直徜徉在童话世界里，小时候印在脑海中的童话世界就是欧式的：蓝天白云，绿草如茵，木质小屋，远处是铺满松软落叶的树林，里面可能藏着巫婆。

今天途经的公路两侧换了一番景象，山高了，坡陡了，还多了几分险峻的气势。

是啊,即便去掉半小时的休息,依然有近三个小时车程。瑞士统共才多大?从北到南总共220公里,从西至东350公里,要不是山路十八弯,要不是上坡下岭,要不是经常遇到交叉路口要慢慢转向的小转盘,早就跑到德国、法国、奥地利或意大利去了。

德国的村庄进出口是同一个通道,被瑞士三面围拢;意大利的小镇被瑞士村庄三面围拢;去过的沙夫豪森州三面被德国领土包围——这就是瑞士,这就是欧洲,反正你来我往也不查护照,人长得五花八门的,看车牌才能分清出处。

卢塞恩在路途中间,号称是"瑞士最美的城市",过几天会去。目前,只能隔湖相望。卢塞恩湖在高山峻岭间挤出了很大空间,于狭窄的环境中做到了开阔,这是瑞士的第四大湖,也是完全位于瑞士境内的第一大湖。湖岸线蜿蜒曲折,生出许多枝杈。湖面近120平方公里,最长达39公里,最宽处3公里,最深处近220米,湖面海拔440米。很多湖岸线是海拔1500米的峭壁和山峰。440米和1500米的落差多么巨大,多么陡峭,恐高之人想想都会脚心发麻吧?卢塞恩湖的德语名字字面意思是"四森林州湖",湖区可称为"瑞士联邦的发祥地",位于东南沿岸的吕特利草地(Rutli),

/银/色/国/度/　一位金融人的瑞士考察之旅

是1287年瑞士联邦的结盟之地。

一山一世界,一水一家园。倚着阿尔卑斯山的雄奇山峦,傍着碧波万顷的卢寒恩湖,卢塞恩小城散布在山水之间,美不胜收,令人流连忘返。

曾经让瑞士人津津乐道的沙特王子,花了5.5亿法郎买下了湖边山顶一片稍显平坦处的城堡。相当于40亿人民币呀!瑞士民众之所以认可这笔交易,竟是因为沙特王子在瑞士开办了酒店和餐饮业,解决700人的就业问题。

于是,布大爷问:"在中国,遇到这样的项目是做还是不做?你们首先考虑什么?"

"能给政府缴纳多少税?"不知是谁脱口而出。

大家哄笑一团。

返程集合时间定为15:50,要确保16:00准时发车。这么早离开火狐城,大家极其不情愿,还想多淘些好东西呢!但从火狐城返回苏黎世州的奥尔滕要通过一段十几公里长的圣歌达隧道(The Gotthard Tunnel),这里常常施行批量放行,赶上周末假日在车里等上两三个小时都是寻常事。因此,要提前动身,确保在22:00前回到奥尔滕。

原本顺畅的交通,在接近隧道时,开始变得迟缓。

前方一眼望不到头,全是亮着红灯的车屁股;看后面,已摆起了浩浩荡荡的长龙阵。

因为提前打了预防针,同学们心情尚好。来自大庆的田雪扭头对我说:"刘总,我们'七仙女'私下搞了评比,一致认为最帅的两个男士是担保公司的叶佩和你。"

"看把你们闲的!"我心中不免沾沾自喜。

"不过,排名第一的是你。"

"七仙女有眼力!"郎团长随声附和。他坐在大巴车前面,耳朵可真好使。

"叶总同意吗?他要同意,就这么定了。"我有意调节气氛。

"我当然愿意!"叶总人长得风流倜傥,内心也够浪漫,情商不低。

一小时四十分钟的小步腾挪后,大巴车终于正常驶入隧道。隧道内多处带弯,竟然还有红绿灯,车速却不慢。过了好一会儿,终于见到暮色中的天空、原野,还有远处山脚和半山腰或密集、或稀疏的灯亮。

好景不长,布大爷一阵嘀咕,郑大姐中文说得真不如德语流畅,吭吭哧哧地翻译给大家:"司机要在前方的休息站休息四十五分钟。"

/银/色/国/度/ 一位金融人的瑞士考察之旅

这不坑爹吗？

没的选择。瑞士法律规定，司机连续驾驶三个小时，必须停车休息。车上载有GPS，后台有自动监控，撒谎肯定不行。当然，瑞士人也不撒谎。同学们议论纷纷，这要是在咱们国内，开多久都行，别说三小时，就是八小时、十小时，照跑不误。要么是自家办事，要么给领导献殷勤，都是无怨无悔的。虽然国家相关管理部门也挺体恤咱，都有防止疲劳驾驶的规定，可谁也没有人家瑞士人这样珍爱生命。趁机把晚饭解决了吧！团长这样考虑。

去卫生间，佳木斯的张海峰理事长又遇了自动投币机，这次一切顺利。投币后，打印出来的一元小票可在餐厅消费时作为等价值的代金券，也都交给郎团长了。哈尔滨农联总社的周总嘀咕道："去趟厕所要花人民币差不多七块呢！"

"要是咱国内，早就外面解决了，反正天都黑了。"有人感同身受道。

四十五分钟后，施大爷振臂一呼："Ladies and gentlemen, let's go."

熊城伯尔尼

瑞士之行的第二周开始了。周一赶上立秋,早上到餐厅,听同学说外面下雨降温了。

餐桌上摆了一盘咸菜,连盘子都是从国内带来的薄薄的塑料制品,里面竟然有细丝状和粗条状的咸萝卜,还有红辣椒酱。谁来都心安理得地用勺子挖点放到自己餐盘里,没人问是谁带来的。

每天的西式早餐像一门不太让人喜欢的功课,不怎么好吃,却也总有一丝新意。原以为是工艺品摆在那里的黑陶罐子,里面竟然盛着碎米粥。尝后都说不好吃,我觉得也就是米香味少点儿。无论如何,离家万里能喝上这样的大米粥,偷着乐吧!

咦,那边成堆摆放的鸡蛋是装饰物吗?鸡蛋外皮上均匀整齐的云纹是工业自动化的结果吧?用手摸摸,个个冰凉。算了,肯定不是吃的。直到几天之后的一个早上,当大家看到带队来过瑞士的郎团长敲碎了蛋壳，才恍然大悟。可他一个一本正经的说法又让大家陷入迷茫：这里的鸡生出的蛋就是带有黄褐相间的条纹。

随后，有同学在Coop超市看到几种外皮带有不同图案的鸡蛋，疑团才被解开——原来，不同厂家供应的鸡蛋外观花纹是不同的。

当天一整天都在伯尔尼活动，上午去国家农业部，下午是瑞士国家中央银行。

伯尔尼，名字来源于"熊"。据说，伯尔尼的创建者扎灵根公爵一日突发奇想，决定出城打猎，并用捕获的第一头野兽为城市命名，偏偏他在附近森林里最先猎到一头熊，"熊城"因此得名。Berne就是熊的同音词，与英语的bear发音几乎一样。伯尔尼市郊与主城区隔着阿勒河，那里至今还保留着熊园。午饭后，同学们跟着蒋教授穿过种植着各色名贵玫瑰的玫瑰园。由此眺望伯尔尼，老城全貌尽收眼底：哥特式的建筑错落有致，房屋街道上下排列，建筑群中片片绿荫，整座城市宛如一个立体花园。

大家纷纷与长条椅子上的爱因斯坦坐像合影，然后来到铺就着精美刻字方砖的阿勒河边，背对着的是已弃用的圈养熊的设施。蒋教授告诉大家，那些方砖上刻的都是当年捐款人的名字，当时，市政投入出现困难，于是面向民间搞了部分捐款。由此，居高向下方三十米左右的河边斜坡看去，那里是新建的熊场，树影中露出了一只大熊的半个屁股。

沿河逆流向上约两百米，可通过两种方式到河边：由水泥台阶步行而上，或乘坐斜坡电梯。只有从外面能看到电梯下部机械部分是六十度左右的斜坡状，电梯内脚下自然是平底的。三五个同学先上下研究了一番，想确定是不是收费的，是不是老幼专用。最后也没找到特别的标识，以及可供投币的插孔。管它呢！一拥而上。

很快，我们看到了棕熊，个头很大，牛一般的身躯。这要是在荒郊野外遇到，人的胳膊无论如何是拗不过它们粗壮结实的大腿的。

伯尔尼老城原本是木质结构的建筑，中世纪的几次大火把木质建筑全部烧毁，重建时改为石头结构，至今保持完好。圆石铺就的光亮街道，两旁彼此相连、造型独特的漫长拱廊，红瓦白墙相映生辉的古老房屋，各有典故的彩柱喷泉，十六世纪的钟塔，以及哥特式大教堂等，使得这座老城显得古色古香，充满了中世纪的神秘色彩。伯尔尼老城因此被联合国教科文组织列为世界文化遗产，与印度泰姬陵、埃及金字塔等知名历史遗存相提并论。

说来有趣，瑞士在过去很长一段时间内没有固定的首都，直到1848年伯尔尼被确定为瑞士联邦的首都。花岗石建造的宫殿式联邦大厦建筑群中，左右两翼是各部的办公楼，中间圆顶下是联邦议会两院的会议厅。

作为首都，人口却不足十三万。伯尔尼汇聚了八十多家外国驻瑞士大使馆，许多国际组织机构也在此处落脚，如万国邮政联盟、国际铁路运输总局、国际版权联盟等。伯尔尼市面繁华，汽车电车川流不息，却听不到刺耳的喇叭声；市区亦无工厂，听不到机器轰鸣或其他嘈杂的声音。

伯尔尼以"钟表之都"著称，钟表店比比皆是，即便置身郊外山乡小镇，也随处可见装潢精致的钟表行。漫步在伯尔尼街头，如同徜徉在钟的世界、表的海洋，醒目精美的钟表广告比比皆是。随意走进一家钟表店，橱窗内的陈列令人眼花缭乱：有的表豆腐大小，敦敦实实的；有的表袖珍如玻璃纽扣，小巧玲珑；有供国际旅行用的双面显示手表；有的表采用金、钻镶嵌，是名副其实的珍贵工艺品；还有安装在钢笔、计算器、打火机和钥匙扣上的表。

中国游客来到瑞士，很少有不研究手表的。

一次，从阿尔高州府阿劳市返回奥尔滕的途中，培训团秘书长常玉春站在大巴车的过道上大声宣布:"一会儿回Olten直接到学校三楼教室,当地著名表店老板Adam要给大家讲解瑞士名表,然后带大家去旧城区他家传承了近百年的Adam手表行参观。"Adam先生号称"大表哥",近年一批批来奥尔滕参加培训的中国学员给他带来了源源不断的生意。

胖乎乎的"大表哥"精心准备了PPT,从瑞士的钟表行业讲到精密仪器制造,最后聚焦在他祖父一手创立的Adam表行。

瑞士各旅游街区商场卖的手表一般都成百只地镶嵌在状如转经筒般的支架上,任由客人翻看,价格从十几到几百瑞郎不等,并不便宜。瑞士人卖表大多是很随意的样子,按客人要求从玻璃柜子里取出几只,任由你自己研究;售货员随叫随到,不叫的话,就忙乎别的事情。

布大爷又来了。他家就在伯尔尼。好客的老人主动带大家参观伯尔尼的老城区。老城区三面环水,被阿勒河U形围着。当年有一位"Nobleman",布大爷这样称呼他,指的应是扎灵根公爵。他发现了该地的地形。战事颇丰的年代,在U形地域的开口处筑起高墙,易于防守。于是,他花钱采用附近山上特有的石料,铺路建城,还在U形底部造了一座

/银/色/国/度/ 一位金融人的瑞士考察之旅

跨越阿勒河的大石桥。彼时,通过大桥出入城区都要留下买路钱。

城内石条路和哈尔滨中央大街一样,但这里处处都是石条路,不像中央大街那般稀奇。路中央,石条盖板下传出响亮的水流声。偶尔透过钢筋网覆盖,可以看到清澈的急流。没有自来水系统的岁月,这就是伯尔尼居民的生活用水。

爱因斯坦当年在伯尔尼专利局做小职员时,曾在一处街边二三楼居住,如今虽然有所标识,但明显是住进了新居民,二楼开着窗子,摆放着很多人家都有的小盆鲜花,花朵是粉红色的。爱因斯坦旧居斜对面二楼,一位老人打开窗子,冲着大家喊着中国话:"你好!"

"你好!"大家惊喜。

在这里能遇到会说中国话,又这么友好的纯种瑞士人,怎会不惊喜?

"从哪里来的?"中文还是夹杂着酸牛奶的味道。

"黑龙江。"

"我不知道。"

"哈尔滨。"

"啊,我知道啦!"

闹了半天,说话的居然是布大爷的亲哥,比他大两岁,满头银发,一个可爱的老顽童。

布大爷从前是一家公司的CFO,现在是半业余的导游,无忧无虑,满面春风,生活在他眼里就是阳光、和风、细雨,就是美女、美食、美居,就是健康友谊、自由自在、心满意足。

布氏兄弟长得很像,仪态也相仿。

布家大哥挨个和大家挥手告别。随后,布大爷带大家到伯尔尼塔尖最高的大教堂转了一圈,特别提醒:不能拍照。教堂内后侧楼上的大型排风琴属巴洛克风格,教堂其他层的建筑却都是哥特式风格。

大厅有整排面向前台的座位和侧面座位。侧面座椅背部更高,原是贵族区。原来,教堂里也分高低贵贱呢!教堂前端靠右侧的玻璃墙上绘制着主题为"死亡之舞"的装饰画,各式魔鬼向人索命。几十幅画上竟然都有一个真实存在过的人物,有市长,也有权贵。这些画告诫众生,人终有一死,无论是谁,做了什么,也无论你曾拥有什么。无非是要人们知道,珍惜拥有,享受人生,随遇而安。

生命是短暂的。历史长河中,我们只是流过的一滴水。那些中西方名人的生命轨迹,亦不过是一道道一闪而过的光线。

"让生命去等候……"这句歌词是愚蠢至极的。时不我待,活在当下,爱在眼前,"明日复明日,明日何其多,吾生待明日,万事成蹉跎。"

快乐的农庄主

走访了瑞士国家农业部,听了官员的讲座,同学们从农业角度对瑞士有了深刻的了解。说起来,瑞士只有一百万公顷的土地适合耕种,和黑龙江省一个农业大县差不多。但瑞士农业管理的精细化程度是黑龙江农业现阶段完全无法相比的。五万三千个农庄,占总人口百分之二的十五万五千从业人员,以及他们的高素质给我留下了深刻的印象。

瑞士联邦政府严格要求农业从业人员必须受过良好的高等教育,且受教育内容要与农业相关,否则,无法继承祖业,更不能购置农庄。

想经营好农庄,需要掌握诸多方面的知识,有现代化机械驾驶与维修的、生态放牧的,以及生产与销售等。为培养高素质的农业从业人员,瑞士建立了高度发达的农民教育和培训体系,并将农业教育分为高等教育、专业职业技术教育和实用技术培训三个层次。这些任务由不同的机构承担:两个联邦技术学院主要负责农业高等人才的教育和基础研究；还有六个研究站，也就是实用技术学院；每个州都有自己的实用技术培训学校，负责农民的实用技术培训。

为提高农民收入，推动农业融合发展，瑞士联邦政府发出号召：农民不应只干农活，而应该成为创业家。比如，一部分农民开设宾馆、餐馆，一部分农民开设工厂，生产与旅游相关的特色产品，还有一部分农民在农闲时去旅游公司从事滑雪教练、雪地营救、缆车操作等工作。夏季，很多苍翠的草地既是当地农民的牧场，又是观光景点；冬季，白雪覆盖的牧场既是滑雪场地，又是农民增收的资本。

瑞士的农业与工业也密不可分。比较大的农场都有自己的加工企业，如乳奶制品加工厂、果汁厂、蔬果加工等。受益于农业、工业、服务业的三者融合，一个农民可以身兼多职。这种融合式发展让农民有了更多样的增收渠道，让他们告别了"风吹草低见牛羊"的原始生活，有了更多生产生活的创新体验。

回看我们的农民，绝大部分面朝黄土背朝天，年纪轻轻的脸上就沟壑纵横起来；靠天吃饭，年景好就赚，年景差就赔；政府倒是费尽心机搞科普，但杯水车薪，想提升行业品质，难于上青天。

我喜欢看中央台的农业频道，经常介绍农村的致富能人。这些养殖、种植能人绝大多数没什么文化，但穷则思变，凭借胆色运气，找到了感觉，闯进了市场，赚到了大钱，这是有巨大示范效应的。大学毕业生回乡务农，到今天也是多数家长看来悖逆的举动。虽然从国家角度是大力倡导的，在社会上依旧是新鲜事儿。

可喜的是，过去农村人向往城市，而今，越来越多的城市人向往农村。未来，农业资源会变得越来越珍贵，越来越稀缺，我们的农村也会越来越美。

在我国，"三农"问题已成为全党工作的重中之重，党中央在培育农业农村发展新功能方面的决策部署是明确的。要优化产品产业结构，着力推进农业提质增效；要推行绿色生产方式，增强农业可持续发展能力；要壮大新产业新业态，拓展农村产业链价值链；要强化科技创新驱动，引领现代农业加快发展；要补齐农业农村短板，夯实农村共享发展基础；要加大农村改革力度，激活农业农村内生发展动力。

毛泽东说过："农村是一个广阔的天地，在那里是可以大有作为的。"他老人家的话我们体会得越来越深刻。

我们可以做出成千上万个瑞士，不是吗？

瑞士虽小，却可以作为我们学习的榜样。

/银/色/国/度/　一位金融人的瑞士考察之旅

　　瑞士农庄主的生活是美好的,修建设施可以贷款,地处山地更可以享受政府补贴。当下,瑞士适逢负利率时代,使用贷款的资金成本极低,但对贷款用途的要求也是极其严格的。盖牛圈的钱不能用于建马厩,当然也不可以围羊栏。想贷款建居住用房或修门前台阶、过道怎么办?专项用途贷款呀!

　　该干啥就干啥,这就是瑞士人。挪用贷款、转移资金,这些伎俩他们学不会,也不会去学,贷款安全是比较有保障的。

瑞士中央银行

SNB（瑞士中央银行）紧邻联邦大厦，与联邦政府大楼对立，三者合围起来，形成了联邦大厦广场。联邦大厦正对面的商业楼把广场切割成比较小的面积。这么大个广场放到咱们国内搞地产开发，也只能算是个中型楼盘。商业楼两侧分别是UBS（瑞士联合银行）和Credit Swiss（瑞士信贷银行）。瑞士政府为习近平总书记举行的欢迎仪式就是在该广场举办的。

广场布局从某种程度上说明，瑞士对经济和金融的重视，也彰显了瑞士中央银行的突出重要地位。

进入中央银行三楼的大会议室，我算是开眼界了。两百平米左右的房间，放了一个能坐五十人左右的大圆桌——这是联合国吗？进入会议室的同学没有不啧啧称赞的。听说，瑞士国内的金融大事都是在这里商讨的。正因为这个圆桌超级大，离开时，同学安久龙发现手机落在上面了，返身去

/银/色/国/度/　一位金融人的瑞士考察之旅

寻，竟一时找不到自己坐过的位置。

瑞士中央银行不受联邦议会和政府控制，独立行使对物价和货币市场调控权。

瑞士有58万户企业，99%为中小企业，其中50%居然是单员工企业，也算是蔚为奇观了。

这个现阶段实行负利率的国家原则上对存款是不支付利息的，即便有，也低至1%以下，但贷款利率维持在4%~5%之间。

问答环节之后，瑞士中央银行的经济专家端着一个方盘子，给大家分发"金砖"——印着"SNB"标识的金块状巧克力。

会议室门口是茶歇区。大家看着咖啡机和咖啡机旁边的胶囊没敢动手。几个人猜测胶囊里可能是咖啡，撕开倒在杯子里再加水。大家猜对了一半。胶囊里的确装着咖啡，但不用撕开，只需把胶囊直接放到咖啡机的胶囊孔里，按提示选择大、中、小三种量，放好杯子，按钮，十秒左右，咖啡就出来了。我在上海浦东哈佛商学院培训中心参加"客户中心化"和"领导力"培训期间学会使用这种新式咖啡冲泡法的。我为大家做了演示。原来是这么玩的！众人恍然大悟，挤作一团，不为过嘴瘾，只为体验体验，过过手瘾。

嘉实龙昇金融资产管理有限公司的总经理杨闯发现，咖啡机旁边盘子里的小块巧克力都印着"SNB"字样。可见，瑞士中央银行很讲究形象宣传。

这些天，我感觉同学们像幼儿园大班的学生，吃住一处，一起上课，一起出行，每天的主要活动就是衣食住行；身边还有陪同和翻译，保姆般精心照料着我们。

每次访问结束，都会有送礼环节。记得在阿尔高州UBS的课程结束时，人高马大的黑河农村商业银行安久龙董事长上前赠送对方纪念品。礼品是他们银行定制的纪念邮册。安董事长把背后的故事编排得特别智慧："邮票在中国是保值度特别高的东西，年增值率15%以上。"

而前一天是我向阿尔高州立银行主讲公司金融业务的老师赠送杨柳青年画"百子图"。蒋教授翻译得很直白，老外摇头晃脑地对我说："我是不是一年要生十几个孩子才行？"

"多子多福，还会家业兴旺。"

"The more children you have, the better life you live. And your family will enjoy great prosperity."

出于尊重，我接着做出了解释。

/银/色/国/度/　一位金融人的瑞士考察之旅

阿尔高州财政局

在阿尔高州财政局，专家介绍了该州的财政职能。这是位年轻漂亮、腰细腿粗的女专家。大家一边听课一边盘算着下午会看到多少款军刀，要买多少把送给朋友，因为下午要去维氏军刀公司考察。

平心而论，美女专家的课讲得很务实，阿尔高州在全联邦26个州中，财政收入50亿瑞士法郎，排名第10，联邦整体年财政收入700亿瑞士法郎。

瑞士中央银行推行的负利率政策对州财政的盈余或赤字有很大影响，临时性财政结余和养老金账户的保值成了很现实的问题，要做到是颇有难度的。

瑞士的医院和铁路一样实行国有化，相邻的德国虽然也属于联邦体制，但他们的医院绝大多数为民营。财政收入对教育、医疗和社会保障的投入的比例是蛮高的。

在瑞士，公共建设以联邦为主，大的公共设施是否实施是要经过全民公投的,因为这会阶段性地增加民众税赋。瑞士实行联邦、州和社区三级税收,各有自主权。联邦政府考虑到地理差异、经济实力,采取税收刹车和税收限额措施,保持不同年度或不同经济增长率状况下的相对稳定和平衡。

州与州之间的税赋标准高低不同,引出了"税收天堂"和"税收地狱"的说法。瑞士人是居住地随职业需要随时迁移的,税收在一定程度上影响生活质量,所以也在一定程度上影响人们对居住地、缴税地点的选择。有趣的是,税率低的州或社区,房租比税率高的地方高。有一利必有一弊,这倒是应了中国先贤那句老话。财政体制好不好,这是没有定论的事情,虽说它山之石,可以攻玉,但瑞士的现有体制是无法照搬到中国的,只能借鉴。要做好中国的事情,还得靠我们自己。

然而,国内各地的情况也不尽相同,越发达的地区越开放,越落后的地区越保守。一件事足以说明这一点。

近几年,天津经济高速发展,银行类金融机构高级管理团队成员享有一项特殊的福利,即"收入所得税全额返回"政策。说全额返也不尽然,最后只象征性地收取返还额的20%。而在哈尔滨呢,要么一分不退,要么至多退返15%。这对于吸收和引进外埠金融机构及人才、繁荣地方经济的效果怎么可能一样?所以,我们有更多的机会去改变、改进。可能有人只看到投入,而且将此过分夸大,却看不到背后带来的巨大到无法形容的产出和深刻影响。

中共十九大胜利召开,"两会"之后新一届领导核心团队已经诞生。他们会高瞻远瞩,英明决策,率领我们砥砺前行,使国家昌盛、人民幸福。中国的高速发展已令全球瞩目,国人在世界各地业已昂首挺胸。所以,我们有理由相信,中国会变,黑龙江会变,哈尔滨会变,变得很快,变得更好!

维氏军刀飞上太空

卢塞恩附近的Brunnen是著名的Vitoria谷地,因为那里有闻名全球的Victorinox维氏公司。

听完厂家对瑞士军刀创立和发展的介绍,看了厂家精心录制的宣传短片,大家急不可耐一窝蜂地涌进卖场。

"I want ten."

"I want twenty."

"I want five."

"I want fifteen."

售货员给每人发了一个塑料袋,要什么就装进去,最后到柜台一起结账。瑞士收款员的结账速度不慌不忙,就算你再慌,她也绝不会忙。

"这个已经没有啦!"

"这种被你们买光啦!"

赵老师忙着翻译,我也忙着翻译。一头汗水的赵女士内

/银/色/国/度/　　一位金融人的瑞士考察之旅

心感激我替她分担工作,优先帮我填好了退税单据。

五六十平米的卖场,地上一层三十几平米卖军刀、手表和服装,地下一层二十几平米卖厨房刀具。人群主要集中在地上一层的军刀和手表区域。

"You are rich enough.But you spend money on useless things."(你们真有钱,尽买没有用的东西)只买了几样厨房刀具的瑞士司机对中国人的疯狂很不理解。

可不有钱嘛!安同学买了两只Victorianox的运动手表。这还不算多的,宾县农商银行的关总买了几只,要不是店里断货,他还会多买。除了价格并不太贵的运动手表,他还买了几十把小军刀。疯啦!我想不明白。离开瑞士可以直接报托运,可回到北京,怎么过海关?购货超过300法郎可以填写单据,离境时办理退税,退税8%。绝大部分同学购货额都超过300,这样一来,手续复杂了,更耗时了,离开卖场的时间比原来约定的14:30整整晚了一个半小时。

关于瑞士军刀,有几个忍不住要说的故事,这是听厂家介绍才知道的,绝对原汁原味。

1884年,卡尔·艾森纳创立公司,艰苦维持到1891年。瑞士军队大批量订购使其成为瑞士军用刀具第一供货方。那时的刀具比较简单粗糙。卡尔·艾森纳意识到这一点,于是精心设计了一款军官用刀具。这款刀具在外形上就有了现代瑞士军刀的感觉。

卡尔·艾森纳的母亲Victoria去世后,为纪念她,也因为军刀选材确定为德国产不锈钢,不锈钢的德文是"nox",卡尔·艾森纳就把自己生产的瑞士军刀命名为"Victorianox"——母亲的名字加上不锈钢的材料。

为什么非得是军刀呢?

初创期的辉煌靠的是瑞士军队,再次发扬光大靠的还是军队。1645年起,瑞士军刀成为美国军队的常规储备。

据说美国宇航员太空漫游时,瑞士军刀发挥了挽救生命的作用,因此,留下一句话:"Never leave the planet without one."(没有瑞士军刀,就不要离开地球。)

1909年,"十字和盾牌"成为维氏军刀的Logo。

如今,维氏公司每天生产军用刀具28000把,其他口袋工具32000把,家用/职业刀具60000把,2017年产量合计达到2466万把。难怪,说起瑞士,谁会不提起维氏瑞士军刀呢?

浓情巧克力

说起卢寒恩的"李太白"中餐馆，真该改名叫"李太黑"，室内灯光昏暗，上下楼的楼梯异常狭窄。用郭宪文大哥的话说："应该叫'锅太黑'！锅底下真黑呀！"

平素不苟言笑的王桂梅笑岔了气："姓郭的说'锅'，怎么不说别的呢？"

看着墙上挂着的一人端坐太师椅的画像，绥化农联社的王树伟理事长问："那是哪个皇帝的画像？"

"不能吧，旁边还有位女人的画像。应该是李太白祖辈吧？"

国外的中餐馆无不过度渲染中华元素，连国人自己都觉得不地道。装修是这样，菜做得也马马虎虎，变了味。有好奇的老外来吃中餐，盘子里的米饭和各种菜品放在一起，用的不是筷子，而是刀叉，一点点捞着放进嘴里，画面相当违和。

昨天,从伯尔尼回到奥尔滕,下车前郎团长通知说,学校安排好了晚餐,依旧是中餐馆"Restaurant of Shanghai"。我顿时觉得胃部不适,让郭宪文大哥转告对方,不去吃晚饭了。

我到Coop超市转了一圈,在千米以上的卖场反复搜寻,找到了即食海带丝、熟火腿切片、酸黄瓜,还有貌似馄饨的东西。这东西外形像菱角,却没那么凌厉,看着皮厚一些。外加两听罐装啤酒,满载而归。

馄饨可以用烧水壶煮,但一次量不能太多,开锅后还要泡一会儿,保证熟透。这顿肉泥馅儿的西洋饺子着实把我吃撑了,不是因为味美,是真的不想浪费。我曾听信佛的朋友说,浪费粮食,转世变成到处寻觅食物的猪狗。谁知盘中餐,粒粒皆辛苦,那就浪费自己的身体吧!

这些天,我和大多数同学一样,有了渐入佳境的感觉。通过耳濡目染,我越来越了解瑞士,不仅仅停留在表象,而是越发深刻。欧洲不再陌生,瑞士更加熟悉。等把小牛肉配烤土豆吃了,把芝士火锅尝了,再多见识些美食,就更到位、更完美了。瑞士人把"芝士火锅"称作"中国火锅",外形也是火锅,内容却有天壤之别。面包蘸着融化开的芝士吃,叫"火锅"可以,叫"中国火锅"怎么能行?怪不得当地华人一再强调,瑞士人说的"中国火锅"根本就是张冠李戴。

芝士是个好东西,营养丰富,易于吸收。趁一次午餐后等大家吃完饭陆续上车的工夫,我来到一家社区小商店,围观女售货员用大菜刀切开直径有二十几公分、中间带孔、状如摩托轮胎的大块芝士。芝士被切成一公分厚的小块,便于售卖。

看到几个人举起手机又拍又录的,售货员腼腆地笑着停了手。

"Where are you from?"

"China."

"You want to touch it?"

我笑着点头。

她迅速把刚切下来的芝士片切成细条,又横刀切成小方块,回身找来一个小碟子,用刀片把它们拢起来装碟,递给我。

我让一旁的王树伟、王金生等人先尝,把最后剩下的几块一把抓在手里,表示谢意后,赶回车上。

"好吃吗?"坐下来后,我问王树伟。

"在家里从来不吃,商店里看见也不知道是啥玩意儿。这几天早餐总吃,咸咸香香的,还挺好吃的。"

又咸又香的芝士是瑞士人的最爱,巧克力则是瑞士贡献给全世界的瑰宝,有几百种之多。美味的巧克力是瑞士的又一张文化名片,所有最先进的工艺和制作方法都出自这里。

谁曾想过,巧克力最初是列入奢侈品行列的。十九世纪初,五百克巧克力价值六法郎,相当于普通工人三天的工资。1830年,洛桑巧克力工厂把榛果加入巧克力,为其注入了新活力、新感觉。不久,一个屠户的儿子突发奇想,把牛奶和巧克力混合在一起——嗯,味道还蛮不错的!于是出现了用炼乳方法制成的巧克力。最令人欣喜的是,巧克力不再是苦苦的了,堪称"质的飞跃"。

创新和改良一刻不停,伯尔尼的巧克力工厂在巧克力泥中加入可可粉,从此,有了让我们爱不释口、美轮美奂的人间美味。可可粉的添加最终让巧克力拥有了高贵、美妙的口感。

然而,让瑞士巧克力独步天下的真正秘密是当地有全球最好的奶牛挤出的最好的牛奶。阿尔卑斯山麓开阔的草场,无忧无虑、自由自在的奶牛,勾勒出一幅自然和谐的画卷。

有文化的瑞士农牧民精心研究选育,有时要花上五六年的时间才选定优质牧草种子,播撒后,长出富有营养、格外嫩绿的草场。这就有了口味浓香的牛奶,才有了口味独特、无与伦比的瑞士巧克力。

通过观察发现,瑞士奶牛体色通常是红白花或黄白花的,体形硕大,牛乳饱满,看着就是取之不尽、源源不断的样子。之前,我曾远望山坡上的牛群,以为都是黑白花的,看得多了,才辨清准确的颜色。真是读万卷书不如行万里路啊!

万通博银行

一天之内两地奔波真是很辛苦。我和同学们就经历了上午到苏黎世万通博银行,下午辗转至巴塞尔国有担保公司的非常之旅。

天微微亮出发,快到苏黎世,天才大亮。公路两旁山坡上的碧绿草木和散落的村落已不再影响大家的睡眠了。刚来头几天可不是这样。同学们一路上瞪大眼睛,四处打量,目睹这连绵不断的夺目景色,几乎是窒息的,只恨自己的手机、相机内存不够。

万通博银行(Vontobel)以为客户理财赚取手续费见长。瑞士人讲究活在当下,也考虑未来,男女退休年龄分别是65和64岁。退休后要确保生活水平不下降,就必须在工作期间做好理财、投资。

一对老夫妻仅靠退休后的福利是不够的,还要有100万法郎的补充,为此,两人就要做好积蓄,让钱生钱,以便退休前凑够100万。但在当下瑞士负利率时代，这是很不容易做到的。

万通博银行专家汇集，在瑞士股票市场中打拼多年，战绩卓著，这是有历史记录的。"作为客户，找到万通博就有机会实现愿望。"银行的投资理财专家讲得特别自信。

万通博银行对股市的投资也是相当谨慎的。当维氏军刀股价在短期内滑落50%时，该公司的实际盈利只下滑了20%，于是，投资机会来了。雀巢的股票价格在瑞士中央银行取消固定汇率时期，急剧下落，而公司本身的经营一如既往，嗯，又是投资的机会。这与国人在股票市场上的盲目跟风、追涨杀跌有着天壤之别。

可想而知，该银行能持续健康发展，对从业人员的素质要求会有多高。如果不是个人素质贴近岗位需求，如果不是有很高的匹配度，谁干得了？同学们的同感是，在这样的银行工作，神经总要绷得紧紧的，不允许有丝毫的懈怠和疏忽。

我暗自思忖，我们的银行队伍中不乏"南郭先生"，放到这样的工作环境中，"南郭先生"是很揪心的，兔子尾巴长不了。

担保公司的情怀

苏黎世到巴塞尔有两小时车程。吃过午餐,我第一个登上大巴车,跑到之前坐过的位置,去找落在那里的手机。

按说,车上是不会丢东西的,可座位上并没有!要真是丢了可麻烦大了,那是生活必需品,没了它就几乎没了世界。

我弯腰看了看前后排座椅下,还是没有。

不会吧?我心里有点没底儿了。突然,我的眼帘映入"好朋友"的身影:哈哈,原来你在这里呀!手机掉在贴着车子过道边约十公分高的壁缝里,小宝贝儿藏得很巧妙。

每晚,我最重视的两件事,一个是给手机充电,一个是在门把手上挂钥匙卡袋,防止没电失联,防止有家难归,这事儿又不是没干过。

离上课还有一个多小时,培训项目负责人——中国姑爷施亚明带着大家逛街,穿过巴塞尔火车站,来到繁华商业区,千叮咛万嘱咐四十分钟后的14:25集合,下午的课很重要,不能迟到。

郭宪文大哥和安久龙、叶佩都想研究研究手表,一溜烟儿就没了踪影。

田雪找到我,"刘总,帮我买东西呗,我要买的多,你帮我翻译。"

进了化妆品店,她把手机中存的图片显示给售货员,是一种香奈儿眉笔。

"Yes, we have this."

她要四个,但只有三个,买下。

进到路易·威登,田总眼睛发光,激动道:"这款包包我早就想买了。刘总,手机给你,护照复印件存在里面,你帮我填退税单。"

我成田雪的助理了。

"还要这条围巾。"

男售货员不慌不忙地拿起田雪看中的东西,等我填好退税单,带着包和围巾转身进了商场内间。我知道,他是去做电脑登记,准备包装去了。

田雪买东西很果断,这种果断是由实力支撑的。出国买东西的人,如果不是受人之托代买目标明确的东西,很多人会在选和买时很犹豫,便宜了拿不出手,贵了吧,又没法保证数量,这是为人情买东西。

我有多次出国经历,俄罗斯、新加坡、欧洲诸国、印度尼西亚、澳大利亚、美国,身边的领导、同事、朋友也都有比较频繁的出国经历,对买大牌子确实已经失去兴趣。买东西凭感觉,保证质量,有特别纪念意义就好,价钱倒是无所谓了。

约定集合的时间到了,服务员还没出来。约定的时间过了一分钟,服务员拎着大纸袋出来了。田雪头上渗出了汗珠。

小伙儿看出田雪着急,很体贴道:"If tax free in cash, not into visa card. I can do faster."(如果接受现金退税,而不是存进VISA卡,我就能快一些。)

二话没有,我替田雪做主了。

郎团长在微信群里喊话了:"抓紧到集合地点,下午的课确实重要,迟到了不好。抓紧回来!"

"对不起,刘总。我把你拖累了。"

"没关系。"我无可奈何道。

整整晚了七分钟,我俩疾步返回集合点。

竟然还有四五位同学没回来,说是耽误在一家表店里了。郎团长、施亚明和翻译郑女士都急得不行,微信群里却迟迟没有回音。终于,段金龙总经理打通了省联社总审计师周大姐的电话。

"还好,我们只会晚十几分钟。"翻译郑大姐对眉头紧锁的施亚明和郎团长说道。

课间休息,杨闯问田雪:"包包和围巾都多少钱?"

田雪转身问我,"刘总,多少钱来着?"

"2890法郎和330法郎。"

"怎么记得这么清楚?"杨闯笑着问。

"我给田雪买的嘛,呵呵!话说回来,田总买东西手疾眼快,不像佳木斯的张理事长,买双鞋差点没把我脚上穿的鞋磨破。"

一旁的帅哥王树伟接茬:"田雪的性别女,性格爱好都是男。哈哈哈……"

下午上课讲的是担保公司课程,因为瑞士只此一家国有担保公司,只不过分区域经营,总体年度经营额度也不大,因此,提问代替了讲座。

你想啊,全国一共分四个区域,这家负责西北部的分公司只有区区七名员工。

值得注意的是,瑞士担保公司并不看重自身盈利,而是把眼光放在支持产业，增加社会产值，从而增加税收上。这种整体系统化的安排，这种着眼长远的大局意识值得称道。

我们国内的融资性担保公司是在国内流动性偏紧、银行有限的金融资源和风险偏好无法满足市场需求的情况下，应运而生的，制度设计和政府监管都有不同程度的缺失。从经营范围、经营模式、盈利模式、风险管控等方面看，担保公司存在自身资本实力弱、担保能力放大不够、合规收入不足、未与银行真正形成有效的风险共担机制等一系列问题，甚至因引发损失而多次调整合作策略。随着时间的推移，相信问题会逐步得到解决，担保行业的发展会趋向规范。

可与瑞士担保公司相提并论的是天津市。市政府面向银行推行了一个"中小企业信贷风险补偿机制"。凡被纳入扶持范畴的中小企业，贷款出现不良或损失，政府给予百分之五十的补偿。这可不是目光短浅、急功近利的人能做出来的事儿，真是了不起的天津人！

/银/色/国/度　一位金融人的瑞士考察之旅

德国中餐馆

　　巴塞尔的中餐馆生意普遍不好，紧邻德、法两国，那边的中餐馆规模、名气都超过前者。这晚，我们到德国境内一处中餐馆用餐，亦填补了部分同学未曾到过德国的遗憾。

　　车子不知不觉驶入德国境内，众人只是隐约觉得周围的建筑简约起来。毕竟是另一个国家，多少是有些不同的。

　　我们就餐的饭店名为"富都大酒店"，就在莱茵河畔，难得的宽敞明亮，二楼临河一侧呈圆弧状，视野开阔。

　　郎团长和女主人沟通顺利，因此，同学们在一楼室外的平台上就餐。按郎团长的说法，平时在室外这样的景致中就餐总是要加钱的，我不相信，觉得他这样说也许是为了助长大家的好心情。

　　就餐方式是自助，竟然有十五六个菜式，还有摆在大托盘里像一梭子一梭子机枪子弹似的大虾。这是阿根廷红虾，我在国内大超市里见过、买过、做过、吃过，味道不俗。

当然，我也不是百无禁忌，看到有的菜是绕着走的，比方裹着面包屑用油炸过的肉类。这种烹饪手法肯定伤肠胃，可女同学们倒是乐此不疲，难道她们不怕发胖吗？

老板夫妇齐上阵，端来二十几杯啤酒。出国十几天来，这是极其少见的。郎团长、常秘书长敬酒，感谢大家；大家敬酒，感谢团长、秘书长，还有团副。团副是省农业担保公司的谭志强董事长，反正是变着法子喝。

吃惯快餐的同学们，一会儿工夫就吃撑喝胀了。

余下的时间展开了气氛热烈的多话题交流。

"该去厕所的抓紧去，准备回奥尔滕啦！"郎团长吆喝着。

从厕所出来，我碰见郎团长，"团长亲自来上厕所啦？"

"没法不来呀，哈哈！"

/银/色/国/度/　　一位金融人的瑞士考察之旅

伯尔尼证券交易所

连续几天起大早，同学们疲惫不堪，早餐都吃得较晚，多数人在七点前吃完。可今天，我七点四十五到餐厅，见到郭大哥和鸡西农商行杨金波董事长才吃，好多人都还没来吃饭呢！用不着着急，九点上课，提前十五分钟出发，完全来得及。

来的人边吃边聊，提到瑞士的高速公路没有收费站。的确，这些天往来奔波，还真是一个都没见到。瑞士人每年缴纳四十瑞郎的高速通行费，车窗上贴个标贴，一年到头可劲儿跑，连周边法、德好多地区都跟着这么做。几个国家交错的地域太多，哪里分得出彼此。

瑞士人聪明，奥尔滕郊区的核电站就建在和德国的边境上，一旦有战争，谁也别破坏，否则两败俱伤。在瑞士人眼中，核电是清洁能源，虽然附近五公里以内的居民家家都备有防辐射药片（政府强制行为），但他们都认为核电没什么危险。很多人还愿意把房子建在核电站附近，因为那里的电价有大幅度优惠。

上午的课程内容是关于伯尔尼证券交易所的，主讲人是交易所执行总裁，长得很Man，说话却柔声细语，语速很慢，一点也不烦人。可翻译郑大姐却被交易所的介绍搞得云里雾里。她自己表示不熟悉该领域业务，看得出来，她说的是实话。同学们的提问时间远远超过老师的讲解，师生碍于翻译大姐的传导，完全不在一个频道上了。经过此番，主讲人假如有肩周炎，此时必定是好了，因为他不得不一刻不停地耸肩、点头、摇头。

所幸，今天讲课用的是英语，我能听明白，尚未白白浪费一上午的时间。

瑞士和中国一样，有两家股票交易所，分别设在首都伯尔尼和国际金融中心苏黎世，后者规模大过前者。主讲人曾去过中国深圳证券交易所，赞叹那里巨大的交易量。沪、深的交易所在全球排名第二、三位，而瑞士的两个交易所都排在十名之后。

企业为什么上市？对此，中西方想法差不多。去哪里上市？答案就不同了。要考虑投资人在哪里，自己产品的消费市场、消费客户在哪里,是苏黎世、伯尔尼、纽约、巴黎、还是新加坡——这就有的选了。

任何公司上市,股权故事至关重要。财务投资者要的是分享收益;行业投资人要的是经营权力;个人投资者要的是股权故事、赚取差价的机会。嗯,讲得有点意思。

主讲人问了一个奇怪的问题:在中国,你们是如何想出办法动员企业上市的?大家众口一词:在中国,不用动员,公司都争先恐后要上市。

"Why?"

"圈钱!"有人随口说的这两个字让翻译郑大姐琢磨了好一阵子。

"The situation is opposite."(情况正相反啊。)

瑞士公司到股票交易市场上市,为的是扩大产品消费市场、增加消费客户数量、加强发展后劲儿,着眼点不只在募集资金数额上。实际上,这与中国的状况不谋而合。

哈尔滨银行2014在香港证券交易所主板上市的初衷是什么呢?回答了这个问题,就等于真正说清了国内企业为什么上市的问题。

我清楚地记得哈尔滨银行郭董事长讲过,一为拓宽资本补充渠道,满足监管及自身发展需要;二为提升品牌市场价值,扩大在行业间的影响力;三为优化公司治理结构,提升经营管理水平;四为提供更为广阔的平台,推动各项战略实施;五为完善约束激励机制,吸引和留住人才。

一旦上市,公司治理的要求更高更完善,信息披露的要求更加严格,对管理人员提出更高的素质要求,声誉维护更为谨慎。

中国的证券市场随着规模的迅猛增长,管理也日趋规范,浑水摸鱼"圈钱"难于上青天。这可真不是个肤浅的话题。

/银/色/国/度/　一位金融人的瑞士考察之旅

"安大个儿"请客

中午没睡午觉,安久龙董事长相距三百米打来越洋电话,"长海,一会儿下楼陪我去瑞莲中餐馆,帮我订餐,明晚请大家吃饭呗!"

"好的,楼下见。"

一见面,安董事长告诉我,下午不用去上课,已经和郎团长打好了招呼。

安久龙年轻时是出色的专业篮球运动员,因伤遗憾退役。这个时代少了一位意气飞扬的运动健将,却多了一位足智多谋的银行家,命运也很奇妙!留心观察,他走路时轻微跛足,上下台阶稍显吃力。和他相处时间长了,才看得出来,好多同学可能根本不知道呢!安久龙一副刚毅顽强的面容,从不在众人面前叫苦示弱,这可是一个眼界并不局限于黑河、黑龙江的有见识的领导干部。

饭店老板娘遗憾地告诉安久龙:明天座位订满了,要是非来不可的话，只能选在四点半以后到七点之前的时间段，或者晚上九点以后。

明天下午计划逛奥特莱斯，人群一旦进了商场就很难按时集合整齐，早了肯定不行；九点以后该算是夜宵了，也不行。

老板娘接了个电话，然后对安久龙道："刚刚有七人退订，今晚可以安排足够的座位，你们能来的话最好不过。"

于是，我们打算敲定菜单。

由于看不懂德文菜谱，我们只好按老板娘指点，在纸上写下"鸡""鸡蛋""鱼""牛肉土豆""蔬菜""虾""鸭肉"。"牛肉"和"土豆"是写在一起的，意思是炖在一块儿。老板娘逐一确认，表示："这个有，这个可以，这个能做。"

"我们自己要带些咸菜吗？"

"可以。"

"白酒我们自己带吗？"

"可以。"

瑞莲饭店不错，安董事长没有勇气先去联系上海饭店。

到瑞士后的第二个周五，鸡西农村商业银行的杨金波董事长牵头请客吃晚饭。杨董事长是个走路不疾不徐、说话慢条斯理的人，通知大家说约好了上海饭店。

/银/色/国/度/　　一位金融人的瑞士考察之旅

去苏黎世的大巴上,坐在我侧前排的周大姐挨个问属下各联社头头来时带的白酒品牌,最后,从七八个牌子中调度出四瓶茅台、两瓶赖茅。

下午返程时,情况发生了变化。

原来预订的新城区的上海饭店拒绝接单,原因是曾有同学去他家喝自带的白酒,却没按照答应人家的条件做——至少要喝人家的十瓶啤酒,而且超过了限定的用餐时间。

饭馆虽名为中餐馆,实际是越南人开的,遵从的是瑞士文化。

为此,大家曾一番感慨,教训深刻啊!

杨董事长改订到瑞士第二天就餐的位于老城区的瑞莲中餐馆,还不错,带酒可以,带哈尔滨红肠和榨菜也行,还可以把白菜、黄瓜切成丝让客人自己拌调料。

反正下午请假不上课了,索性逛街吧!

怎么回事儿?郎团长微信群里喊人了,竟然还有个别缺课的,当中还有我的名字。

安久龙迅速回复:长海和我一起在瑞莲饭店订餐。要知道,我可是纪律模范啊!可这个模范这两天被田雪和安九龙给毁容了,形象受到破坏。

赶回教室听了半堂课,得知讲的是"钻石币",又是区块链新概念，被翻译搞得腾云驾雾。我眼见得王金生主任拿起笔记本，再放下的时候，本子在桌面滑出去好远，三十公分是有的。

"讲的什么玩意儿啊！"还有伴音。

安九龙在微信群里给大家发了通知：晚上瑞莲饭店聚餐，谁不去谁是小猫。

走出教学楼，佳木斯农联社张海峰理事长感慨万分，"特别想吃东北的干豆腐卷大葱。"

"蘸许氏大酱。"有人随口附和。许氏大酱是哈尔滨附近县城一个小酱菜厂做的农家风味大酱，闻着臭烘烘的，吃起来蛮香的。

张海峰咬牙切齿地接着说，"回去第一件事，组织杀头猪，好好吃一阵子。"海峰该不会是军人出身吧！他的神态从来都是沉稳、坚定的。

瞧瞧，人都可怜到什么样子了。

西方人生活的侧重点在哪里？吃、喝、玩、乐都行吗？我们刚到十来天就苦不堪言，他们可怎么熬过漫长岁月啊？同学们万分同情西方人，毕竟我们就快回到大唐乐土啦！

安久龙是一定要请客的，他带来两瓶2006年的茅台，是他岳父生前送给他的。

/银/色/国/度/　一位金融人的瑞士考察之旅

公道说,商学院的教师食堂伙食不错,菜式多样,不光西餐地道,还有拌菜,多种多样的,味道还好。各种菜加起来超过十种,自助取用。菜式多了,不知不觉就会盛多,又不好倒回去,浪费可耻,结果可想而知,难免撑得慌。

自助取菜区旁有个小卖部,三明治和各类饮品都贴了标签,要吃的话单独结算。

校方在三张长条桌子上摆放好水杯和大瓶矿泉水,本校老师则主动避让。中瑞两国人民共进午餐,瑞士人轻装,人数占优势,却显得少;中国人重装备,人数处于劣势,声势浩大,黑压压一片。

晚宴上,安董事长的祝酒词始终围绕"友情"二字,讲得好!你想啊,"友情"比在瑞士逛街购物都重要,能不动听嘛!

我躲开能喝爱喝白酒的几位同学,坐到了喝红酒的队伍里,有张海峰、王良、武佳忠、郭宪文,还有被男闺蜜王良喊过来的田雪。也不知道牡丹江农联社的"白面书生"王良啥时候成了田雪的男闺蜜了。

第二天只有半天课,下午又是自由活动。经过这十多天的相处,大家也比较熟悉了,没到一刻钟,场面就沸腾起来。我注意到,几个瑞士人进了餐馆,看着一群来自东方的老外锣鼓喧天的架势,犹豫再三,最终选择离开。

我尽量保持克制冷静,没去添乱,但也喝了不少。田雪是搅局能手,郭宪文大哥的评价最贴切:人长得漂亮,坐车经常和男生在一起,在这个班里的男生中有好人缘,弄不好最后得有人为她打架。

"你被田雪关照过?"

"就我没有。"郭大哥连忙辩解,"我年龄大,头发白,脸上皱纹多,个子还矮,田雪看不上。"

田雪率先挨个敬酒,对每个人都做了一番品评,连邻桌哈尔滨宾州村镇银行患严重痛风病的关铭都没放过,说他"一天到晚穿双Balenciaga白皮鞋,女人心中最看不上,最不能依靠,吊儿郎当,沾花惹草。"关铭见大家集中过去的目光,笑着问:"夸我啥呢?"

"夸你Solid。"

原来,上午课堂上,郑大姐把本来指上市公司经营状况稳定的"Solid",翻译成"坚固",还表示是"特别坚固"。

田雪和在座每个人都单独喝了一杯。她只想喝一口,但男士们都"照顾"她,照顾她多喝几口。

田雪还真是个才女。

一天,我离开酒店218房间前,把从国内带来的峨眉山

/银/色/国/度　一位金融人的瑞士考察之旅

竹叶青茶包装进双肩包,到教室后分发给前后左右的同学。田雪便露出专家般的凝重神态,笑道:"好茶呀!只不过你这是中等的静心级,还有品位级的,最好的是论道级。"

"大师啊,真是有生活品位的富姐!Go on。"

"刘总带来的静心级已属精选,论道级是特定区域采摘的鲜嫩茶芽精制而成,还要经过精挑细选,讲究的是'茶禅一味'。"

"这小媳妇厉害!不愧是内蒙古大学学中文的。"

一片赞叹。

我暗想,三人行必有吾师,身边这些同学哪个不是高人?哪个不身怀绝技?不耻下问,悄悄向他们学习便是。

晚宴上的瑞士红、白葡萄酒是我从Coop超市买来的,顺手还买了一堆即食海菜,碰巧看到盒装煮豆荚,这是一般吃烧烤时才有的,一并买了吃。别说,给宴会增色不少。

下午没法抱着买好的酒菜去上课,就先送到瑞莲饭店,可饭店的门是锁着的。怎么办?就放在饭店门旁台阶上吧,反正瑞士人不偷不抢。

安董事长大气,没让我当无名英雄,祝酒讲友情时顺便提到了我的贡献。我本不希望他提,不想喧宾夺主,还特意在安久龙站起来讲话时往边上躲了躲,让两桌之间的柱子挡住安久龙的视线,但"安大个"太细心了。

黑龙江时代期货经纪有限公司热情大方的杨馨嘉总经理和大通期货经纪有限公司的杜滨总经理可能住同一个房间,形影不离的。杜滨少言寡语,深藏不露。看饭店老板娘忙不过来,杨馨嘉给各桌分发小碟子,送茶水,纤细高挑的身材小蜜蜂般飘来飘去,也策略地躲过了好些酒。

"刘总,昨晚我梦到你了。"

"是吗?"

这个很奇怪,有原因吧?

"这几天买东西说话费劲儿,总说不明白。梦里跟你学英语呢!"

"是吗?学到第几课?学到I love you了吗?"田雪打趣道,显然喝高了,面红耳赤,说的话上不封顶,下不托底。

"啊?哈哈哈哈……"

众人哄笑一团。

Good night!

/银/色/国/度/　一位金融人的瑞士考察之旅

镇政府的管理机制

微信群里说周五8:30集合去一个名叫Schonenwerd的小镇政府。

我7:20到一楼餐厅,却只有一个外国女孩在用餐。挑挑拣拣取完菜,盛好汤,再倒好果汁,才看到常秘书长走进来。

我想找个靠边的座位,女服务员微笑地指着中间一个座位说:"You can sit here. More convenient."(坐这里吧,更方便。)

常秘书长一脸倦意未退,"长海,昨天你没去喝第二场,太正确了。去的人都喝多了,也不记得咋回来的。"

本来已喝得过量,还去第二场,要不要命了?我反复体验过喝酒后的痛苦,内心是惧怕的。瑞士北部靠近德国,啤酒和德国酿的一模一样,醇香,喝着爽口,但劲儿特别大,能让人想起"闷倒驴"这样的白酒名字。这第二场是说什么都不能去的。

"昨晚只做了一件正确的事,就是喝完回来稀里糊涂把袜子洗了。"常玉春秘书长接着说。

今天车上势必鼾声一片,我确信。瑞士风光已不再新鲜,入芝兰之室,久而不闻其香,回国看看一辈子耳濡目染的环境反倒会有别样的感觉。

出乎意料的是,路上还真没人睡觉,实际上是没来得及睡,一刻钟工夫,就到站了。我感觉车子并没有离开奥尔滕。街边经过的房子,不管是混凝土结构,抑或木质的,虽零零落落,却无半块废砖破瓦,均和谐地融入周边环境。再次路经靠近德国边境的核电站,高大的冷凝塔冒出的水汽形成一大团云雾。瑞士全民公投通过新的能源法案,从2018年1月1日起生效后,瑞士将不再新建核电站,并在未来彻底退出使用核能的行列,今后将更多地利用丰富的水力、风力和太阳能等清洁能源。

谭志强董事长脸色灰暗,直不起腰、挺不起背的感觉,昨晚肯定参加了两场,杀敌一千自损八百。说起谭董事长,也是实力型官员,重情重义的。

全瑞士2500个市镇,Schonenwerd是其中之一,位于苏黎世、巴塞尔和伯尔尼之间,与三者距离差不多。常住人

/银/色/国/度/　一位金融人的瑞士考察之旅

口5000人。

　　副镇长出面接待考察培训班的同学们,此人有中国血统,父亲是武汉人,母亲是当地人。副镇长只能说点简单的中文,整个讲座和参观解说基本用的是德文。长的嘛,中国人看他像本地人,本地人看他像中国人;四十出头的年纪,已经是三个孩子的爸爸了。

　　他的副镇长是兼职,连镇长也有半数属于兼职。镇政府里七个领导都是业余时间做管理。镇长本人是农场主,负责安全事务的是一名家庭妇女,负责青年工作的是卖酒的商人。

　　瑞士就是这样,政权体制要在中国这个从封建制度过渡而来的国度里,那是完全不可想象的。该镇领导集体的七个人都是兼职。拿副镇长来说,每两周到镇里工作一次,时间是晚七点到十一点,政府只给少许补贴,区区五十三个法郎,也就顶个车马费吧!但大家都珍惜得到民众认可,以及为社会做贡献的机会,皆尽心竭力参与市镇管理,如教育、安全、财政、建筑、社会工作、发展和青年文化等众多领域。

　　热心的副镇长本职工作是苏黎世州立银行律师,养家糊口靠的是这份工作。除了担任副镇长,他还担当社区中学的校长。他私下偷偷说,他迫不得已干了一件坏事:有位老师在多维度考核中不称职,于是打发他走人,砸了人家的饭碗。同学们问他,当镇长是不是更好;他连连摇头,"那样就不能在外面做更多的事了,赚不够养三个孩子的钱。"

瑞士的官当着真没劲儿,就是服务员嘛!

作为三级行政组织当中最基层的行政组织,财政收支特别重要。各个州都希望有更多高收入家庭,都希望住两百平米以上大房子的居民越来越多,这样,可以保证稳定的财政收入。瑞士个人收入所得税是在市镇缴纳的。对于大规模的经济体,因顾忌财政收入的大起大落,他们反倒不大感兴趣。

此外,在瑞士,养狗是要特别缴税的,偏偏瑞士好多人喜爱养狗,这也成了地方政府的税源之一。在中国是不是也可以这样做?买宠物狗之前要参加强制性培训,买了之后要带着宠物一起共同接受专业机构培训,不拴牵绳绝不可以带到户外,也以此作为汇入财政收入大池子中的涓涓细流。

有件事让小镇的领导层深感矛盾,就是是否保持较高税率。和其他市镇相比,Schonenwerd的税率偏高,对新居民不利;新居民增加少而老居民又外迁的话,税收就会进入恶性循环。

/银/色/国/度/　一位金融人的瑞士考察之旅

镇政府集中在大楼一楼办公。副镇长介绍说,他们搬到一楼时间不长,主要是为了照顾残疾人士。新楼从前是瑞士信贷银行,一楼平坦开阔。过去在相邻的旧楼办公时,社区工作人员分布在不同楼层的办公区,后发现残疾人来办事时有诸多不便,就安装了上下楼的辅助系统:楼梯靠墙安装了滑道,运载装置靠墙放置,打开即是一个辅助托盘,残疾人轮椅可以安放在上面,电动上楼。

即使如此,残疾人士仍感不满。于是,在征得社区居民同意后,镇政府下决心买下瑞士信贷银行的楼,集中在一楼办公。

大兴安岭农商行的王伯东监事长悄悄站到女文员身旁,安久龙、常玉春秘书长"咔咔"连续拍照。女文员太漂亮了,鸭蛋脸,玉树临风,坐在那里活脱脱一幅西方油画。看了两眼后,我忍不住用手机拍了下来。王伯东招手示意,让大家多帮他拍照。我笑着说:"别说,你俩长得还挺像。"

"拉倒吧!你看王伯东那形象,尖头尖脑,站着还没人家坐着高呢!"周大姐直言不讳。

反差真是太明显了。王监事长反而把人家衬托得更美了。

闻名全球的皮革产品Bally就诞生于该小镇,兴旺时员工高达九千人。我知道这牌子,好几个朋友穿过他家的皮鞋。

Bally曾是小镇的骄傲,后因人工成本居高不下,搬到南部紧临意大利的提契诺州了,那里人力成本超低。

已有150年历史的Bally品牌,旗下有鞋类、时装和手袋等众多产品,基于创造一个丰富而多元化又坚持整体造型协调一致的理念,产品品质优良、魅力十足。

Bally拥有一个充满爱意的创业故事。1850年,因公出差的瑞士绅士Carl Bally在巴黎的时尚大街上发现一家鞋店,橱窗里摆放着皮鞋,无论从设计特色、皮革制造,还是缝制方式都深深吸引住他的目光。他决定买下一双送给妻子,却忘了妻子的尺码,干脆将同一款式不同尺码的皮鞋一股脑全部买下。Carl Bally与皮鞋的美丽邂逅,使其产生了生产世界上高级皮鞋的念头。一年后,第一双Bally皮鞋诞生于世。

很多牌子都有诞生、成长、发展壮大的专属故事。Bally让小镇充满自豪,副镇长的老爸当年就在Bally工厂工作。

/银/色/国/度/　一位金融人的瑞士考察之旅

琉森的胜景与惊悚故事

又到周末,明天去因特拉肯,登阿尔卑斯山脉著名的少女峰。先翻翻资料,做做功课。不经意间,看到了对琉森——此前我一直称其为"卢寒恩"的城市介绍。立刻,在脑海中浮现出一幅幅美轮美奂如梦境般的画面。

此景只应天上有,人间那得几回闻。

该城市位于瑞士中部高原,罗伊斯河出口与四周湖汇合处,市区人口八万,属瑞士德语区,被普遍认为是瑞士最美丽、最理想的旅游城市,是深受本国人喜爱的度假地,也是瑞士最大的避暑胜地之一。它赋予了艺术家、作家无尽的灵感。

近处的湖光山色,远处的皑皑雪山,中世纪的教堂、塔楼、木桥,文艺复兴时期的宫廷、邸宅、百年老店、长街古巷,比比皆是。举起相机,随意拍照,全是充满诗情画意的美景。卢寒恩具有中世纪特有的美、和谐及生命力,又不乏二十世纪的现代气息。

古城区小巧玲珑,仅一小时左右的时间即可穿行大半。

早在罗马时期,它还只是一个没有几户人家的小渔村,后来,为了给过往的船只导航而修建了一个灯塔,因此得名卢塞恩。还是叫琉森吧,这样更富诗意,拉丁文的含义就是"灯"。

坐游船从卢塞恩出发到瑞吉山,那里是滑雪和观光胜地,也可到达拥有世界上最陡斜的齿轮轨道式登山列车的皮拉图斯山,陡斜的程度惊心动魄,堪称"玩命列车"。皮拉图斯山亦是卢塞恩的门户。以皮拉图斯山为背景的卡佩尔木桥和八角水塔是卢塞恩的地标。

距卢塞恩一小时车程的"天使之乡"——英格堡附近坐落着瑞士中部的最高峰——铁力士山。铁力士山高空缆车十分独特,三段缆车的最后一段能够进行360度旋转,视野极致开阔,世界首创。英格堡的铁力士山冬季雪场位列瑞士十大滑雪场之一,滑雪季通常在每年的十一月底到次年的四月。

卢寒恩有著名的雕塑——濒死的琉森狮子,由一位丹麦艺术家在1821年雕刻在天然岩石上。这头长十米、高三米多的雄狮,肩头插着折断的长矛,痛苦地倒在地上,旁边有

/银/色/国/度/　　一位金融人的瑞士考察之旅

一个带有瑞士国徽的盾牌。该雕像是为了纪念1792年法国大革命，暴民攻击法国杜伊勒里宫（Tuileries）时，为保护法王路易十六及玛丽王后而死的786名瑞士军官和警卫，意在祈求世界和平。

当年的瑞士极度贫穷落后，迫于生计，男子纷纷到欧洲各国当雇佣兵。瑞士雇佣兵忠诚、英勇、善战，但荣誉和金钱掩盖不了雇佣兵制度的残酷。此事件后，瑞士停止出口雇佣兵，仅留下在梵蒂冈为天主教廷服务的近卫军，直至现在，都是瑞士近卫军在履行保卫天主教廷的职责。瑞士人每每说到此，自豪感溢于言表。忠诚和勇敢终究是让全世界都竖大拇指的美德呀！

我所住的奥尔滕镇几乎见不到东方面孔，而在琉森，来自世界各地的游客很多，常会听到身边有人说着动听的中文，尤其在商店里。

绝美少女峰

阿尔卑斯山、因特拉背、齿轮火车、少女峰，这些是我听到过欧洲的朋友多次提到的关键词，心驰神往许久许久。

十多天来，始终远观的雪山之巅终于要踩在脚下，激动的心情溢于言表。距因特拉肯还有很远的路，同学们的手机电量就已消耗不少。随手一拍就能做电脑桌面，还要一段接着一段录像，你说多大的电池够用？

因特拉肯终于到了，只允许去厕所，下午从雪山峰顶下来才可细逛，因为事先已订好了车票。团队活动，不预先安排好是不行的。

我和"安大个"在因特拉肯火车站前拍完照片，转身碰见了穿着单薄的王树伟，"昨天不是说带羽绒服吗？"

"倒是带了，放大巴车上了，找不到大巴车了呀！"

只好走一步看一步，万不得已就得在峰顶商场再买新的。从山脚下的因特拉肯到欧洲之巅——少女峰要换三段火车，每段半个小时多一点。

　　火车车窗上半部分可以打开，但如果被司机看到，他一定会要求你关上。今天的导游是一位大学时学中文的瑞士姑娘。第一段车程，她坐我旁边，彼此相谈甚欢，还说到久负盛名的瑞士芝士火锅。她可以中文加英文，我可以英文加中文，聊得透彻着呢！她从包里取出一堆小册子，说是"护照"，等到了峰顶，可以加盖纪念印章。

　　换乘第二段火车时，我看到了传说中的齿轮轨道，原来是在两铁轨间多了一条状如锯齿的特殊轨道。毫无疑问，火车上，两个车轮之间也会多出一套与齿轮轨道咬合、上坡时增加攀爬力，下坡时增加制动力的机械。

　　换乘站台时，同学们四散开来，都在寻找有利地形，举起手机"咔嚓"个不停。

　　田雪的嗓门最大："杜滨、小闯、桂梅，快过来，站好了，我拍啦……"

　　张海峰有新发现，跟着一位日本浪人打扮的中年瑞士男子。他追的不是这个人，而是此人牵着的一白一黑两条大狗。狗也注意到了偷拍者，似乎在躲避他的镜头，一个劲儿往主人身后跑。

　　瑞士男子不开心了，大声呵斥："Please stop.You

show no respect."（不要拍，你太不尊重我的狗啦！）

"还真不拿咱当外人，这么不友好！"张海峰咧嘴笑了，他理解狗主人的心情。

第二段车程更多的是在慢坡上爬行，车速有三十迈，两边绿地林木已成了脚下景色，远远地，还可以把山脚草地、山腰绿树、山顶雪峰和白云蓝天拍进同一对景框。

不远处，有云带飘浮在雪峰之下，绿树上方。

换乘第三段火车时，已能感到明显的冷风。司机明确要求，不许开窗。这段路是在较大的坡度上爬升，多半是在山岩隧道中，令人心中时刻生出会不会遇险的念头。洞外爬行时，可以看到山峰下面巨大的裸露冰川。会有数万吨吧？我心里想着。

海拔已经接近三千米了，头开始有些犯晕。拍照的人少了，大家想起导游的话：少活动，尤其减少剧烈活动。

少女峰、艾格峰和僧侣峰构成阿尔卑斯山壮美的屋脊。少女峰得名于山脚下因特拉肯修道院，修道院中的修女都是少女。

少女峰成为观光胜地，还得益于十九世纪末期，一位名叫阿道夫·湖耶塞勒的瑞士人。他是个工业巨头，号称"铁路王"，喜欢远足运动，远足时萌生了大胆的想法。他想穿过艾格峰和僧侣峰的岩石,炸开一条隧道,建造一条通向少女峰山顶的齿轮轨道铁路。当地人也意识到了旅游业的潜力,纷纷支持他的想法。

中午,我们到达世界海拔最高的火车站,下车直接进入山洞中。准确地说,应该是贴着峭壁建的屋子,和山峰融为一体。窗外早已没了绿色,白雪皑皑的,看远处雪洞,至少有几十米深。那是去不得的地方,掉进去会饥寒交加而死,也会因为绝望而死。

郎团长把大家喊到一起,"先把从山下带上来的面包、鸡肉吃了,有劲了再去外面。"

杨馨嘉把我打开的一袋鸡肉里的鸡腿拉住,"是两只鸡腿吗?"

"是吧!"我略微迟疑。

对方已使劲把鸡腿拽了下来,一边吃去了。我仔细一看,原来是半只鸡,已不剩下啥了。走过来几位兄弟,把仅存的剩余价值也给分享了。

王树伟和我一起走上楼梯,三层之后,到了雪山高原平台,这里完全是户外了。风力很大,头发向上立起,随风乱摆。打在脸上的雪怎么跟沙子似的?眼睛都不敢睁开,怕被打瞎了。

我拍了几张照，换王树伟拍。我们拍了被风吹得直挺挺的瑞士国旗，也拍了绵延二十二公里的阿雷奇冰川，内心极度震撼，手冻得像被猫咬的感觉。

两人回到室内，激动的心情难以平复，一致决定，继续转！奇怪的是，刚才疯狂时，一切正常，缓和下来，怎么感到胸闷头晕呢？海拔3454米不算太高，怕是上升得太快了。于是，我们放慢脚步，穿过360度、每4.5分钟播放一遍少女峰全景影像的超级冰宫，乘瑞士117米仅27秒的最快电梯，到了斯芬克斯天文台下被少女峰、僧侣峰和艾格峰三面围绕的观景台，放眼望去，阿雷奇冰川的壮景更加清晰，尽收眼底。

我们手扶栏杆，倚靠栏杆，正面、侧身，好一通拍，完全停不下来的节奏。

下山时导游说，晴朗的日子里，甚至可以看到法国的孚日山脉和德国的黑森林。嗨，也不早说，多遗憾啊！但看到的一切足以令人欣喜若狂了。

我是个运气比较好的家伙。据说很多人气喘吁吁奋力登上长白山山巅却无缘目睹天池真容，可我去时恰好是晴朗无雾的天气；去峨眉山时，从山脚绿色竹林再经过半山腰皑皑白雪，到了山顶，原本阴云密布的天空竟然在十几分钟内

/银/色/国/度/　　一位金融人的瑞士考察之旅

闪现出一抹蓝天,露出了金光万丈的太阳,沐浴了我暖暖的心,也把金顶上寺庙斗沿下的金色牌匾照耀得熠熠生辉。这次少女峰之行,同样让我赶上了好景致!同学们是不是应该感谢我呢!

朋友曾提醒我,在少女峰上可以寄出明信片,又好玩又有意义,但没来得及照做。

在少女峰顶,一出车站,进入游览厅,靠墙边摆放了三台护照自动盖印机,翻至最后一页放进机器,按下右侧箭头示意处,就实时盖好印了。由于担心盖不清,我按了两次,结果事与愿违,盖成了双眼皮儿。干脆换一页再盖,清晰了。

巍峨耸立,连绵起伏,银装素裹的阿尔卑斯山始终盘桓于我的脑海,山腰上连片生长了不知多少年的松树,也一心向上、正直得很。这是真正的正直,正直到让人惊叹。虽走过好多名山大川,过去的经历与今遭的感受不可同日而语。要不是还有喜马拉雅山,我甚至愿意把这次少女峰之行排在个人登山史的最前列。

雄伟壮观的阿尔卑斯山是欧洲人的精神支柱,感谢齿轮轨道火车,带我攀上这难忘的巅峰。

美哉!少女峰,阿尔卑斯山,因特拉肯!

动人心魄的事件背后总少不了英雄壮举。齿轮轨道建设时期，随着工人们在隧道中的快速施工，山体也变得日渐危险，一次爆破事故夺去了六名工人的生命。

艾格（Eiger）北壁的悲剧是震撼心魄的。1936年7月的一天，四位勇士组成的登山队开始攀爬艾格北壁，起初既快速又顺利。随后，大雾阻碍前行。他们到达一年前四个慕尼黑登山队员被冻死的地方。由于其中一名队员受伤，天气也越来越恶劣，他们选择撤退，从竖直的峭壁上沿绳索滑下。一名少女峰的铁路巡线员看见他们距离隧道出口只有150米了，但是，不幸发生了，其中三人掉进山渊，未生还。高山向导得到警报，试图爬向唯一的幸存者，可严重的结冰和雪崩迫使他们不得不退了回去。

幸存者名叫Kurz。他花了三个小时解开剩余的绳股，并把它们绑在一起，向下扔给向导。向导们系上了一条他可以拉上去的绳子。与向导之间的距离意味着他必须将两条短绳系在一起。他开始往下爬，就在距离救援者五米的高处，绳结卡在了登山扣里。Kurz陷入了绝望的境地，最后被活活冻死。

后人为先后在山上丧生的六十九名登山者竖立了纪念石。有时挺难理解西方人的，明知道玩命却还是义无反顾，这种拼死撞南墙的精神是否真值得鼓励?

话说回来,冷暖自知,福祸自担。正所谓"汝之蜜糖,吾之砒霜",都是寻开心,高兴就好。

炫彩醉人的因特拉肯

从少女峰下来时,看到附近山上好多滑雪设施,据说十一月底就是滑雪季了。阳面山脚下是多层木质小楼,这是滑雪爱好者和普通家庭度假的地方,一般为期一周左右。

关铭和郭大哥的聊天被我听到了。

一个说:"要在咱们那儿,休假就是吃铁锅炖鸡、炖鱼、炖肉,再就是搓麻将。"

"就是,就是。"另一个随声附和,"然后就是喝得头昏脑涨地回家。"

我身边坐着一对老夫妇。老头和我相视一笑。

"Are you Swiss?"(您是瑞士人吗?)

"Yes. And where are you from?"(是,你们从哪里来?)

"China."

"Which city?"(哪个城市?)

这是想聊聊的意思。我犹豫片刻,说哪里好呢?天津,

/银/色/国/度/　一位金融人的瑞士考察之旅

人家不一定知道；北京，怕一个车厢的同学们说我吹牛。

"Harbin."

"OH, I don't know."（啊，我不知道。）

"Then you know Beijing？"（那么，您知道北京吗？）这不能怪我吹啦！

"What are you doing now in China？"（您在中国是干什么的？）

"I am working in a bank. And what about you？"（银行的，您呢？）

"I retired four years ago. I was an architect."（我四年前退休了。以前是建筑工程师。）

瑞士老大爷慢条斯理地和我聊到因特拉肯。他告诉我，他愿意自驾游欧洲，去一个地方，开车不需要太久，不像中国那么大，那么远，出趟门要花很多钱，所以至今未去。每年七月，他会和老伴一起自驾到西班牙南部海滨，一直待到十一月，那里的生活成本比瑞士低很多。我以为他们过一会儿会紧接着开车回家，其实是换乘普通高铁火车，五六分钟就到家了。闹半天是本地人，可老人家说上一次到少女峰是前年的事儿了。

少女峰脚下,就是闻名遐迩的小镇因特拉肯。这里有许多中世纪建筑,四季风景醉人,是向往湖光山色者最倾心的度假胜地。

因特拉肯位于东西两湖泊间的平原之上,是前往少女峰的必经之地,不出名天理难容。

白白净净的小圆脸杨闯说,"来瑞士十多天了,在奥尔滕没看到的中国人在因特拉肯都看到了。"

是啊,满街都是熟悉的东方面孔。经常听到有人用中文在喊人,以为是哪个同学在喊自己,扭头一看,自作多情了。

王金生在一家旅游商品店看中了一款当地制作的小钱包,想买两个,让我帮着问问能不能再打打折,他已经看到人家标注了从79元减到49元。

"More discount, ok?"(多打点折好不好?)

"I am sorry, no."(对不起,不可以。)

卖货的老太太晃晃悠悠地一边走一边说。在瑞士商店里,时不时能看到这样年逾八十的老人在卖货,毫无疑问是自家店铺了,否则谁敢雇用这样的老人家啊!

"But if he takes three, I will give a ten percent."(但他要买三个,我就让他百分之十。)

/银/色/国/度/　　一位金融人的瑞士考察之旅

咦，还有机会！

"行啊！"王主任大大方方又捡起来一个。

王金生长得魁梧，偏偏还生了一副英俊的面孔，爽朗阳光，上课时一不小心把小孙子的微信语音给播放出来，害得他拿着手机匆匆跑出教室，所幸是坐在最后一排。唉，典型的"孙管干部"。

刚刚下午五点，荷兰品牌的Ecco鞋店关门了。周末人家是要早早下班的。女服务员在里面擦地，无论郭大哥怎么比画，女服务员只是耸肩，嘴在动，隔着玻璃门听不清说的什么，估计就是"抱歉"之类的吧——你有钱怎么了，我要的是休闲！

郎团长在微信群里喊话了，让大家集合到一家比萨店吃东西。好大方！他竟然给二十几个人每人点了一份比萨，估计是最大尺寸的了。别说女生，男生也至多吃一半。

因特拉肯清新自然，街道干净整洁，市区中心有一个面积超过四五个足球场的大片绿地，原是修道院的庭院，政府禁止在此处兴建新建筑。山顶飘过五颜六色的滑翔伞接二连三地落在草地上。远处的群峰呈现出的依旧是多层次、多姿多彩的美丽。

市区中心的赌场是一座别致的多层建筑，输钱了可能都会心情愉悦。我和郭大哥、王金生分别以此为背景拍了照片。这家Casino，据说更多用于各种文化娱乐、展览会等民众活动。

　　因特拉肯的酒店数量多，建筑品质均堪称考究。一条不到五百米长的何维克街两旁，就看到七八家，安全、舒适，是旅者们的绝佳落脚点。我坐于其中一家名为维多利亚的酒店前的矮石墙上，让王金生把酒店和酒店外的啤酒桌，连同一群喝啤酒的悠闲客人，都作为背景拍了下来。不知为什么，这样的场景让我生出一种宾至如归的感觉。

/银/色/国/度/　　一位金融人的瑞士考察之旅

袖珍小国列支敦士登

周六晚上，从因特拉肯回到酒店客房，看到床上有一张服务员留下的通知单，实际是提示单，用德、英两文通知：凌晨三时，瑞士进入冬令时，时钟会反向拨回一小时。这意味着，明早可多睡一会儿，原本的九点变成八点。手机会自动调时，但手表要人工调整，往回拨上一个小时。如此一来，瑞士时间和中国时间时差增加了一个小时，变成七个小时了。

翌日早，众人乘车直奔距离列支敦士登较近的一家奥特莱斯。郎团长车上宣布，这是本次瑞士培训学习期间最后一次购物机会，三个小时，午饭自理。

大家从头转到尾，二十几家品牌店，游客不多，服务员均慢慢腾腾。同学们当中三分之二的人再次出手，余者空手去又空手回。

当天的活动计划比较零散，购物结束，直奔世界最小的国家之一——列支敦士登。

天下起了小雨，又转为中雨，这不算什么。周日街边商场大多停业，于是拍照，找到大街边V形插立的列支敦士登和中国国旗，两人一组，一个扯起列支敦士登国旗，另一个扯起让我们骄傲和自豪的五星红旗，轮流"咔嚓"。接着拍国家博物馆，又拍山顶国王的处所。

"国王怎么下山到王宫上班？"武佳忠监事长关切问道。

"车接车送嘛，操这闲心！"

列支敦士登的车牌子不同于瑞士，用的是黑牌子。大家发现了不同。

维持君主立宪制的列支敦士登位于瑞士与奥地利之间，总面积160.5平方公里，人口不到40000，官方语言是德语，却与德国没有交界。这个袖珍小国有极高的国民收入，关税由瑞士管理，邮票业是其核心支柱产业，有"邮票国度"之美誉。

这个寄居于瑞士境内的小国对于来自地大物博的中国人来说有点不可思议——抽支烟的工夫能走遍一个国家。但不管怎样，这就是一个主权国家，用的还是瑞士法郎！

为何会有"国中国"的存在？这就是历史的结果，现实的状态。瑞士170年的和平也给这个袖珍小国带来了安宁。

/银/色/国/度/　　一位金融人的瑞士考察之旅

"这些欧洲小国的生活状态放到中国会怎样?"王金生主任坐在车上,在我身旁感慨万千。

医疗不用个人花钱,吃的方面几乎没有穷富之分,生活节奏悠闲,让我等来自发展中国家的旅人只有艳羡的份儿了。

列支敦士登太小了,加之雨天,又赶上周日商家关门歇业,同学们比要求时间早了十多分钟就都回到大巴上。

"我们下一站去瑞士东北部最大的城市圣加仑市。"导游在车子启动前大声宣布。

"千阶之城"圣加伦

圣加仑是一座古城,位于瑞士东北部两座高山之间的山谷中,因在城市两旁的山上建了好多台阶而得名"千阶之城"。城中建筑有一个共有的特点:好多家房子在二楼以上搭建了突出楼体的阳台,雕刻了精美的浮雕图案。我原以为只是出于好看,但导游表示,政府严控土地面积,所以物业主人搞起了空中楼阁。

你看,瑞士人很久以前就搞"超建"了。

圣加仑的地理位置相当于哈尔滨市在中国版图中的方位。该市历史上依靠亚麻工业迅速发展,直到今天,其纺织业在世界上一直享有盛名。

城里的教会图书馆和教堂连在一起,在德语区具有非同一般的意义。教会图书馆的藏书规模宏大,藏书室庄重大气。古籍、孤本、手稿、名人经略摆放在两面斜坡式的玻璃展柜里,皆为中世纪原稿。我是看不懂德文,只知道存世不

/银/色/国/度　一位金融人的瑞士考察之旅

易，稀有珍贵。

进入藏书展示厅前，要在厅外要把脚上的鞋子套穿在一双超大的拖鞋里，既防灰尘，也降低噪音。穿上大拖鞋的参观者个个像腿脚不好的大老鼠，蹭着地板挪动脚步。

在教堂内四处闲看的我被一脸坏笑的郎团长拖到一边，"长海，你英语说得好，一会儿悄悄躲进忏悔室里边的小房间，假装牧师发问，我们把关铭骗进忏悔室，先安排人假装帮他翻译你的问话，然后留他一个人在那里忏悔，你听听他都坦白了什么。"

"这不好吧？"我有点犹豫。

"这不就是玩嘛！上次带团，我们就这样玩儿了一次，还真发现了秘密。"

教堂乃神圣之所，不开这样的玩笑吧！我转身溜了出去。

回程途中在一家中餐馆解决晚餐，名字好像叫"喜乐居"，有十多个瑞士食客。饭菜不错，每人一份，盘子里饭菜混放，居然有三五个红烧肉块。

瑞士女导游下车告别时给了我一张纸条，上面写着奥尔滕唯一一家芝士火锅店的地址和联系电话，但口头上她依旧坚持推荐我去苏黎世的一家店，说那家才真正地道。而奥尔滕这家店她没去过,味道说不大准。全是火车上的聊天闹的,她还以为我十分好奇芝士火锅呢!

只要是纯正瑞士口味,也就是说,只要瑞士人自己开的饭店就行啊!换言之,口味好与坏都无所谓,独在异乡为异客,入乡随俗,满足一个旅人的好奇心罢了。

/银/色/国/度/　　一位金融人的瑞士考察之旅

CEO圆桌会议

课堂内一下子来了四位陌生面孔，其中一名年轻翻译，竟然是我北京外国语大学的校友，学的也是英语专业，还有另外三个是瑞士企业家。

今天的课堂形式是CEO圆桌会议，先由三位企业家做简短讲座，然后学员分成三组，三个企业家轮流到三个小组接受提问，交流讨论。

第一位演讲的鲍曼先生于1998年创立了一家瑞士中小企业协会。他研究发现，瑞士企业间的合作75%是因为人熟悉了才有机会，所以协会的重要作用就是让大家建立联系。

瑞士企业讲究质量，这是由创新能力做保证的。他们守时、诚信，又有稳定的政治、经济环境。试想，瑞士已经170多年没有经历战火纷飞，这让他们得以专心致力于生产生活。

鲍曼讲了个谚语——黑色的羊。在瑞士，黑羊代表另类、离谱，甚至欺骗，就是我们说的"大忽悠"，说话承诺不靠谱。熟人经济可避开"黑色的羊"。该协会每年搞春秋两次五百人以上的大型活动，穿插二十五次五十人规模的小型活动。大型活动要确定当下三五年内影响重大产业发展的话题，请专家、学者主持专业度很高的学术论坛；而小型活动则更多是组织走访不同的企业，但麦当劳这样的国际企业则不在其范畴。务实的瑞士人认为，瑞士本身小，大型企业没有借鉴意义。

鲍曼强调，面对面的沟通永远重于网络。这一点，我完全理解和赞同。

瑞士企业靠品质吸引、维护客户，绝不搞降价竞争，反而会在竞争进程中提价。像生产军用刀具的维氏公司，为确保品质，一是收购了一同享有用瑞士国徽十字和盾牌做商标的温格公司，二是绝不在境外设厂生产。

如果看好并依赖境外企业产品，购买是最初级的，可以收购该企业。这种思维模式很是值得借鉴。

鲍曼对有机食品情有独钟，瑞士在该行业内的一万多家企业是他努力争取的会员目标。他可不是在白忙活，会员公司要依据规模不同缴纳650到2500法郎的年费。遇到让他动心的公司，他也会借机入股合作。

/银/色/国/度/　一位金融人的瑞士考察之旅

紧接着演讲的是做中小企业众筹的阿买尔先生。其作为共同创始人的众筹公司是瑞士210家Fintech（金融科技）公司之一。在瑞士58万家中小企业中，三分之一已经有了银行贷款，进一步需要的是研究融资的多样性，三分之二尚未有银行贷款的企业迫切需要融资，众筹是多种可以选择的方式之一。

阿买尔公司名称就是SME Crowdlending AG（中小企业众筹公司），其经营模式就是把有钱人和有承债能力的用钱公司串联起来。八位雇员的公司迄今为止做了九十笔业务，余额一千两百万瑞郎，坏账仅一笔。用阿买尔先生的话讲，企业目前还处于cash burning（烧钱）阶段。他倒是不慌不忙，对未来充满信心，一副志在必得的潇洒神情。因此，他不太理解中国人做事急三火四的风格。他去过上海、杭州和北京，这些地方发展神速。上海几个月就能建起大厦，在瑞士，同样的大厦要用四五年，甚至十多年才建的起来。

最后演讲的是意大利后裔罗贝托先生，是阿尔高州一家民营银行在陷入经营低谷，被瑞士信贷银行收购后，四人管理团队成员之一。

在他的PPT中，管理团队的四个人在走廊里的合影很有朝气,我琢磨着回国后也和班子成员弄一个。虽然自己班子的成员身材差异较大,长得各具特色,好好收拾收拾也说得过去,关键是论团结、论拼搏、论业绩、论精神风貌绝对一流。

这家名为阿尔高州银行有限公司的银行资产规模不到400亿法郎,31家分行中有9家只做咨询业务,不提供现金类服务,最少的只有3名员工。这家银行虽然被瑞士信贷银行收购,但独立经营,原来900多号人已减至718人。罗贝托先生的说法很好:现在每个人都有用,都很重要。

我不由联想到自己所在的银行,那里倒是不乏无用之人。分行的部门三天两头要增加人手,支行的运营和营销团队也时常抱怨力量不足。细究之下,好多人一天到晚无所事事,一到月末季末考核期,业绩原地踏步,毫无进展。他们还抱怨多多,只看到工资、奖金比别人少,看不到自己付出的辛苦微乎其微,对名下可怜巴巴的业绩表现得麻木不仁。在讲求人均效能的今天,以上人等着实成了企业的累赘。这些人增大了计算人均效能的分母,不声不响地破坏着单位的工作氛围。

我有时会想,分行现有接近四百人,如果减掉四十人,管理费用会大幅降低,资产规模会更大、更健康,利润会更高。单位员工要体现存在价值才好啊!这是体制的弊端,仅以我一人之力,举步维艰。我要在基层努力解决问题,率先做一个对集体、对领导有用的人。

所幸,一切都会好起来的。总行已经进行过两次架构改革,听说第一次减员增效时还有人把笔记本从台下扔到台上,但两次改革都使银行向前跨越了一大步。相信在不久的将来,英明的领导会布置第三次架构改革:障碍要清除,包袱要抖掉,新人要培养,银行必定会焕发新的生机和活力。对此,我坚信不疑。

罗贝托所在的银行注重通过提供优化的产品与服务帮助中小企业实现业绩增长。相比之下,我们是不是更多地在寻找和借助客户发展自己?我认同瑞士银行的所为才是真正以客户为中心。我们太利己,太急功近利了,把客户当矿场,采空挖尽。

欧洲人,特别是瑞士人讲诚信。他们认为,失约就会失去客户,这不是别人对自己的惩罚,而是自己对自己的惩罚。如果公司超越自己的承载能力去贷款,雇员就会投诉,甚至罢工——老板也不能随便砸雇员赖以养家糊口的饭碗啊!决策成员中如果有反对意见而不被采纳,后期又有涉及刑事案件的事件发生,表达了正确意见的人可以凭有效记录免于可能出现的惩罚。这也让我深刻意识到在分行的日常经营业务中"痕迹化"管理是多么重要。

下课回酒店的路上,王金生神态认真地对我说:"长海,看你校友多了不起,四十岁出头,在瑞士混到现在,一个人打好几份工,钱不少挣。假如时光倒流,你想不想也像他这样?"

"不想。"

"为什么?"

"他是出于无奈呀!如果把你的生活和工作状态换成我校友的样子,你干不干?"我扭头笑着反问了一句。

"不干。"

"为什么?"

"可能我就达不到今天的状态了。"

"我也一样,金生大哥。"

王金生点头认同。

就是嘛,王金生的生活是优雅的,衣食无忧,财务自由,工作既充实又悠闲,不断收获着众人羡慕和钦佩的目光。

在海外打拼的中国人,将光鲜的一面留在国内,独自承受难言的艰辛,出人头地的付出是巨大的,超乎常人的认知

/银/色/国/度　一位金融人的瑞士考察之旅

和想象。而且，谁又能确保一定能出人头地的呢？

奔波于瑞士各地，坐在大巴车上，看到草场上骑马慢行的瑞士姑娘，我心中突然涌现策马狂奔的豪迈情怀。这些天，车坐得太久，东游西转不说，还穿过了十几公里的圣歌达隧道，从德语区跑到法语区，甚至跑到南部紧邻意大利边境提契诺州的火狐城。倦意阵阵袭来，我从骏马变成了瞌睡虫。

瑞士中部的阿尔卑斯山群陡峭挺拔，海拔太高了，云雾围在山腰，星星落落的民居有的就在云深处。我仿佛感到了一抹凉意和湿气。

剩下的几天以学习为主，明天又要去苏黎世上课，随后可能是去洛桑和日内瓦，也颇值得期待。

郎团长感慨："你们注意到没有，瑞士的停车场总有空位。要是在咱哈尔滨的话，到哪里都很难找到停车位。"

还真是这样。这个空间有限的发达小国，在该大气的地方还真挺大气。我还验过停车场附近的男女共享洗手亭。平时男用不锈钢阔口小便器，几乎半米口径，不会外滴；女用时，按下电动开关，放下高悬在至少半米处的马桶坐垫。冲水是"哗"的一声，汹涌澎湃，干净利落。

奥尔滕酒店靠近高铁站，这些天我已习惯高铁压在铁轨上像汽车压过桥面衔接处的声音。开头几天因疲劳过度，倒头就睡，现在是适应后的麻木不仁了。

瑞士的高铁客车分上下两层，多为红色车身。讨论课结束得早，我趁机逛了近在咫尺的火车站。

杜滨和杨馨嘉在自动售票机前忙乎，中国姑爷施亚明在一旁指点。她俩惦记着再买点东西，要乘八分钟的车去Bally的奥特莱斯。

高铁票限一小时内乘车。车来车往，没有太多乘客，空座多过乘客。

主讲下午课的阿买尔先生曾坐过上海到杭州的高铁，觉得速度惊人，不可思议。瑞士高铁的速度顿时相形见绌。当然，也是因为瑞士山地多，限制了速度；再说，以中国高铁的速度，用不了一小时就横跨瑞士全境了，可惜了风景，会失去很多生活情趣。有时，慢就是一种情调。

/银/色/国/度/　一位金融人的瑞士考察之旅

Fintech是个大课题

周二早上，在餐厅见到昨晚组团出去拼酒的同学，个个脖子顶不住脑袋的消沉，看来互相"毒害"得挺到位，普遍反映记不得是怎么回到酒店的。

瑞士人也好喝酒，但人家就是一杯啤酒，大杯也就相当于咱的小杯。即便两个朋友对酌或几个朋友围坐一处，话也很少，都慢条斯理的，火爆的场景是极少见到的。武佳忠监事长总结得好：瑞士人有一个突出爱好，就是蹲墙根。说的是他们喜欢坐在街边屋檐下的小桌边，要么喝啤酒、吃薯条，要么吃三明治。十月末的天气已经凉下来，到了穿薄绒裤的时节，他们却似乎没有什么感觉，还真抗冻。

今天上课的地点就在火车站和苏黎世湖之间的班霍夫商业大街旁边。主讲人叶露婷来自浙江，本、硕就读于清华，后辗转美国，再读硕、博，现任瑞士圣加仑一家金融科技研究院的首席研究员，是一个典型的学霸。她的脸色介于苍白和蜡黄之间,一看就是内向之人,讲起课来倒有一番冷幽默,音量不高,观点不偏激,让同学们听得聚精会神实属不易。

互联网加金融构成今天的金融科技Fintech,还提以往的互联网金融就显得落伍了。凭借智能手机、大数据和云计算的支撑,Fintech大行其道。

多少年来,银行受根深蒂固、低效而难以舍弃的基础设施拖累,倚仗极其普通的数学模型、简单的运营逻辑、自我为中心的产品模式,影响着生产和生活。今天,Fintech推动着这些独角兽们的理念和技术提升。科技金融正在茁壮成长,顺应着时代发展。

当今社会,财富在向新技术依赖型新生代客户转移,以美国为例,每五年财富的百分之十会转给下一代,年轻人的习惯会改变未来世界。不只是客户在变,客户希望他们得到的金融体验也发生改变,渴望个性化、客户中心化、简单便捷的体验,过去那些U盾啊、登录啊、晚上系统维护啊,全都扫进历史吧!客户被动接受、本该被告知却没被告知的情况会逐步绝迹,信息不对称的现象会被扁平掉,毕竟现在已经是客户主权时代了。

Fintech在瑞士是渐进式发展的,起步早,起点高,比

/银/色/国/度/　一位金融人的瑞士考察之旅

较起来,对日常生产和生活没有太大的影响。瑞士人和其他欧洲人一样相对保守,宁愿坚持已有的。本世纪初,瑞士人已普遍刷卡消费。网点遍布全国的百年老店——Migro连锁超市新近和银行合作开发了一套支付系统,四十瑞郎以下可以做到无接触消费,在收款设备上晃一下即可,连密码都省了,而且不受网络限制,有蓝牙就OK。所以,支付宝也好,微信支付也好,在这样的环境中推广会很难很难。

而在中国,这种发展是跳跃式的。我们可以说是实现了对全世界的弯道超车。支付宝和微信支付出现后,国人不管是否已有支付账户,一拥而上。

瑞士人说中国人对新事物的接受程度高,还引经据典,拿出具体数据,证明在金融创新应用方面,中国第一、印度第二。好在发达国家中,英国排在印度之后,进入三甲,否则,经济发达的欧洲就丢人丢大了。不过,瑞士人说,英国是欧洲的另类。美国呢?在这个创新活跃的大国,只有33%金融创新得以应用。

叶露婷在谈Fintech时,总会流露出民族自豪感。

在很多方面,瑞士是真牛!但在金融科技方面,牛不过中国。

叶露婷曾将国内的共享单车模式搬到苏黎世,但效果极不理想,节能环保、锻炼体质没说的,问题是人太少了。这本就是一个以"众"为核的商业模式嘛!

论底蕴,欧洲强;论基础理论,还是欧美厉害。但历史和现实告诉我们,谁在啥时候独领风骚是没有定论的。2017年的诺贝尔经济学奖不是颁发给美国"行为经济学"的开路先锋理查德·塞勒了吗?

在传统经济理论体系中,经济学家假设所有人都是理性和睿智的,能有效处理各种数据,得出最优解决方案。而在现实中的每个人不仅不是理性的,还会犯很多感性的"错误",我们有"情绪温差",有刻板印象,有认知偏见,还有基于信息不对称而造成的判断误区。行为经济学还原生活的本来面目,让经济学回到活色生香的真实生活场景,而非科学理论实验室。

比之理论上可行但现实中只能用来做事后诸葛亮的传统经济理论,行为经济学让人感觉亲切、生动、妙趣横生,更密切贴近我们的生活。行为经济学真实还原人们在日常生活中的经济决策过程,让那些看似合理,细品则啼笑皆非的非理性经济行为无所遁形。它令人信服地证明了人类是如何被自己的"情绪温差"、感性认知误导,而做出错误的决策。

/银/色/国/度　　一位金融人的瑞士考察之旅

人是情感动物,在实际经济行为中,是否掌握相关的专业知识并不重要。这就像炒股,永远无法通过计算来决定抛售抑或持有,买到手后下跌,等待回升过久,机会成本太高;但抛售过早,股票大涨或下跌后反弹,也相当可惜。追涨杀跌几乎成了所有人的常态——情感驱动我们泥足深陷。

我有一个原本做粮油仓储和经销生意的朋友老窦。他有吉林的玉米基地做后盾,又和销地一些粮食系统的人称兄道弟,银行的领导也把他捧为座上宾,原因很简单,财大气粗嘛!老窦总听身边朋友说做粮油仓储和经销赚钱不如炒期货快,遂禁不住诱惑,开始涉足期货。最初,他很谨慎,毕竟这是有赔有赚、大赔大赚的交易。他先从套期保值做起,有单有货,单赔了货顶,货赔了单顶,不怕钱赚得多,但终究怕赔大钱。谁知偏偏来了赚钱的机会,国际大豆油期货价格跌到二十几年以来的最低点,物极必反,反弹可期,于是,买!买!买!老窦东挪西凑地弄来三千多万,甚至把家里的几套房子也在银行做了抵押贷,准备玩次大的。

反弹真的出现了!账面上连本带利超过了九千万!获利了结,老窦两三个月净赚了六千多万!鸣金收兵、偃旗息鼓的英雄老窦开启了辗转于KTV、咖啡馆、棋牌室、高档饭店、洗浴中心的生活模式，心却静不下来，天天关注期货市场行情。钱赚得太快，太容易啦！终于，大豆油期货结束反弹，又回落到二十几年以来的低点，这不又来了搂钱的机会吗？

老窦毫不犹豫地重新杀入期货市场，无须多想，亲身经历告诉他，抢准反弹必然成功，再赚一把就能尝到亿万富翁的滋味了。他坚定看涨，果断投入了九千万。虽信心满满，但人生即将开挂的念头让老窦终日寝食难安。

噩耗接踵而至。国际大豆油期货价格连日来一路走低，一点止跌回稳的迹象也无，更别说反弹了。数日后，在创出近四十年的新低点后横盘，国际大豆油期货价格长期于低位徘徊。老窦在下跌末期断了补充保证金的后续资金，爆仓了，结果血本无归，连房产等家底都赔上了。老窦欲哭无泪，风流潇洒的他变得麻木呆滞，问东答西，站在自家十一层楼的阳台上犹豫了三四个小时，到底没跳下去。

应了"祸不单行"的老话，老窦本无心情，但耐不住朋友的死缠烂打，去了饭店，消愁的酒没喝几口，去卫生间的路上摔了一跤，小腿严重骨折。

朋友终究是朋友，看到老窦的落魄状况就想拉兄弟一

/银/色/国/度/　一位金融人的瑞士考察之旅

把,筹划着带着一瘸一拐的他一起去深圳开家昼夜营业的海鲜火锅城。老窦千辛万苦说服妻子,把赚钱后给女儿存的180万定期存款做了投资款。海鲜火锅城豪华气派,两千多平的营业面积,生意火爆,好日子貌似重新开始了。

谁知好景不长,非典来了!食客骤然减少,门庭冷落,平日里总觉得人手紧缺,现在倒好,服务员比客人还多。房租、水电、人工费、进货……每天都在以十几万的速度赔钱。

无以为继,这回彻底输了。老窦得了平时看到和听到的各种疾病,药吃多了,又得了尿毒症,借钱做了换肾手术。

这真是追涨杀跌,命悬一线啊!

唉,怎么说到这里来了?还是说回高大上的经济金融理论吧!

瑞士联邦对开设Fintech类企业持支持态度。我们走访的搞保理和众筹的Advanon公司发起人就是这样讲的。Advanon由英文"advance"和"online"合成而得,前面的词意是"预先垫款",说明这是一家金融公司,后面是指"业务都在线上进行",典型的金融科技公司。瑞士联邦政府降低了成立金融科技公司的门槛,鼓励其大力发展。有趣的是,Advanon公司初期只在欧洲德语区运营，包括瑞士中北部、奥地利，当然也包括德国本土。

新的信息技术应用于金融领域的金融科技，涉及领域相当广泛，其中包括手机支付、手机银行、网络信贷、人脸识别、加密货币等。这一切在全球正呈现迅猛的发展态势。中国是全球金融科技应用方面当之无愧的"领头羊"。

网络上不是把高铁、网购、支付宝和共享单车说成"中国新四大发明"吗？这些还真的创造了全新的生活方式，驱动生活变得更加高效便捷、丰富多彩。

作为金融人，同学们真切感受到，金融科技实实在在降低了金融服务的门槛，使普惠金融成为可能，草根阶层创业正在得到更多的金融支持，有利于配合国家"大众创业，万众创新"的重要国策的落地实施。

/银/色/国/度/ 一位金融人的瑞士考察之旅

牛肉面比郎团长的引智给力

课后提问环节，叶露婷就着叶佩的问题吐了吐槽，谈到自己对瑞士的评价："我们夫妻二人刚来瑞士，对瑞士这个最富裕的国家充满期待。用曲线图表示的话，是上升态势；随后继续上升，我们深刻感到了它的美丽和美好。在这里，办任何事情都可以公事公办，一切顺利，你会觉得到了天堂。但随后曲线下降，因为在更多了解这个国家之后，你会觉得到了一个大村子，没有可以掏心掏肺的朋友，你所谓的'朋友'，私底下也是客客气气的，公事公办。"

"说到骨子里，瑞士人还是排外的，别看笑容可掬，但说到做生意，人家只会选欧洲人。"叶露婷换了个话题接着说道，"瑞士人没有上进心，今宵有酒今宵醉，不问明天是与非。我有个朋友大学学器乐，也不正经找工作，一周做两天业余辅导，挣够花的钱，别的啥都不想。他们社会福利太好了，办公司也从来不怕亏钱，走一步看一步——真是个奇怪的国度。"

郎团长抓住机会搞起人才引进,"我是黑龙江省人社厅的。黑龙江现在有政策,像你们这样的人才,如果能回去工作,省政府有补贴,带回去一个团队,省里补贴一千万。"

这边,关铭小声嘟囔:"啥人要到了黑龙江,两年就干趴下。"

郎团长继续灌水:"国内对海外人才引进极为重视,广东同条件补贴八千万。"

有人不爽了:省里给出的条件哪比得上广东?咱们那里的经济生态环境不佳,人家八千万,咱就该九千万才对。待遇有竞争力,人才才会越聚越多。郎团长是个热爱家乡忠于职守的好干部,只是政策不够给力,真可惜了他的一片苦心。

此处不由生出诸多感叹号:黑龙江啊!黑龙江!比之大西北,咱农业工业基础、自然资源都强太多了;就算今天的"香饽饽"广东,在改革开放前的GDP排在全国后十。今天的黑龙江享受越来越多的好政策,又有和俄罗斯有直接的经济联系,有诸多的机会和优势,可要后发制人,不能再耽误下去啦!

我坚决相信哈尔滨银行郭董事长的那句话:在困难的领

域、困难的时期，存在大量的机会。只要有阳光的心态，就一定会有闪光的业绩。后半句是我不知从哪淘来的。

  课后，大家分成两帮，一帮跟着瑞士西北应用科学与艺术大学的老师游览苏黎世老城，说白了，就是一条窄街；另外一帮到火车站和苏黎世湖之间的班霍夫商业大街购物。我本打算游老街，可在穿过人来人往的火车站时，和张海峰理事长一起喝上了推着小车搞宣传的人赠送的小瓶酸奶，脱离了大部队。

  这时，接到田雪的微信，问可不可以到班霍夫大街路易·威登店帮忙翻译。也奇了怪了，这女人怎么对购物如此欲罢不能。

  田雪前些天买了一条灰色格围巾，想再买两条，可店里有规定，单一客户只许购买一条！这个规定很新鲜，国内商家肯定无法理解。

  店内，我见到一个长着东方面孔的女服务员，便问她是否会说Chinese，她摇摇头表示，"Vietnam。"原来是个越南姑娘。

  "我和这位男士想各买一条这种围巾。"我指指身边的张海峰用英语道。

  "对不起，没有。"

"算啦!"田富姐儿很沮丧。

"那咱们找吃饭的地方吧?"我提议。

转到苏黎世老街,看到一家餐馆靠窗坐着的老外吃的东西很像中餐,抬头一看,正是中餐馆。

"大碗牛肉汤面三份!"张海峰豪气点餐。

碗大,面多,牛肉也不少,喝点啤酒都不用点菜了!十足的国内味道,完美!

我在墨尔本的唐人街吃过一次这样的牛肉面,大碗里有四五块四五公分见方的酥香软烂的牛肉。我是中午吃的,晚上讲给旅伴们听,众人忍无可忍,一起打车去了,就为尝尝地道的兰州牛肉拉面。准确地说,是觊觎拉面里的那些牛肉。

我和张海峰喝了两杯啤酒,田雪喝了三杯水。服务员说三杯水中有一杯要收一元瑞郎。呀,水也收钱?算了,权当买一赠三了,这对一掷千金能同时买下三条路易·威登的富姐来说,九牛一毛都算不上!

/银/色/国/度/　　一位金融人的瑞士考察之旅

从洛桑到日内瓦

　　头一晚睡得不好,在车上,我又迷迷糊糊睡着了。一觉醒来,看到公路边的路牌,离日内瓦还有63公里,离洛桑还有12公里。如此算来,洛桑离日内瓦只有52公里。从瑞士西北部的奥尔滕到西南端的日内瓦不到200公里,这个国家也就这么大,比起幅员辽阔的祖国,小得好让人揪心啊!

　　瑞士西南部有一段不见群山峻岭,换成了低矮起伏的丘陵和平原。

　　洛桑是瑞士的第五大城市,当地人讲法语。莱蒙湖,也叫日内瓦湖,就在城边。不同于瑞士其他的狭长湖泊,该湖开阔如海,在瑞士近1500个湖泊中,是最大的一个。瑞士一侧的北岸俗称"右岸",长95公里。湖水涟涟,烟霞万顷,水面似镜,清澈深蓝。湖边有游艇码头,数百艘游艇整齐排列,平日大都遮盖着帆布。湖边一群群水鸟懒懒散散地游弋,偶尔有几只将头伸进水里。莱蒙湖是著名的风景区和疗养地。湖畔伫立着一家家古堡风格的旅游酒店，古朴而又不失清新。不少著名诗人、作家都赞美过此处的美丽。拜伦把莱蒙湖比成一面晶莹的镜子，"有着沉思所需要的养料和空气"；巴尔扎克眼中，它是"爱情的同义词"。

路边草地上，环卫工人用吹风机将满地泛红的落叶吹成堆，装进圆滚滚的直径超过一米的大袋子，做饲料还是做燃料，就不得而知了。我很放心，瑞士人绝不会浪费任何资源。

隔着莱蒙湖的就是法国。法国一侧的南岸俗称"左岸"，长72公里。对岸有一家闻名世界的矿泉水生产企业，对啦，就是依云。

到瑞士的第一天，由于苏黎世天气不好，航班被迫转到日内瓦落地等候，因此，这是第二次来日内瓦了。但上次根本没下飞机，脚都没沾着地，今天算作补课吧！

进入城区，首先看到的是道路左侧的世贸组织大楼。说是大楼，占地面积可不小，但只有四层、塔楼六层。日内瓦有三十一个国际组织的总部。该处也是全球人种汇聚最多的地方，名副其实的国际化都市，明显比瑞士其他城市喧闹许多。

日内瓦是瑞士的第二大城市，人口二十万，其南、东、

/银/色/国/度 一位金融人的瑞士考察之旅

西三面与法国接壤,自古是兵家必争之地。建在日内瓦湖边的是日内瓦的新城区。

日内瓦的主要经济体为第三产业。历史悠久的金融业,特别是私人银行业务,管理着大约一万亿美元的资产。全球个人财富的四分之一存放在瑞士,主要集中在日内瓦和苏黎世。不是有这样一个笑话嘛:

一位顾客想在瑞士银行开一个账户,银行工作人员问他:"你准备存多少钱?"

顾客谨慎地环顾四周,贴着工作人员的耳朵小声道:"五百万美元。"

工作人员淡然答道:"别不好意思,你完全可以大声说。在瑞士,钱少不丢人!"

怎么样,够财大气粗吧!

同学们为之疯狂的百达翡丽、江诗丹顿、劳力士、伯爵、肖邦手表皆产于此。记得"大表哥"Adam曾介绍过,一块手工制作的手表要经过一周到一百五十天的时间才能完成。在日内瓦生产的手表要经过市政府与瑞士联邦政府共同成立的钟表检测机构进行非强制性检测,通过检测并被授权镌刻日内瓦印记的手表都是高品级的世界名表。

日内瓦新城内以五六层楼居多,看起来厚重结实,但也不乏外表玻璃质感，稍显高大的现代风格建筑。U型环湖建筑群使日内瓦略显局促。导游说，本来此湖湾有一个大型喷泉，今天竟然没打开，让人感觉都不像日内瓦了。该人工喷泉无风时的水柱高达一百四十米，冲天而起，从湖面直射天际，蔚为奇观，没看到，不无遗憾！

国际红十字会的总部也在日内瓦，人尽皆知。午餐后，我们还要去参观联合国世界粮农组织，顺便看看万国宫。

回程遇到严重塞车，从日内瓦到洛桑五十多公里的路程，跑了近两个小时。到了洛桑，又在城内转了半小时。这里是国际奥委会所在地。这个奥林匹克之都是一座山城，老城区的道路狭窄崎岖，坡度经常超过二十几度。

在这里，大家吃到了期盼已久的法国大餐，却原来只是西北应用科学与艺术大学订好的猪手土豆。而且饭店里怎么会弥漫着一股酸臭味？环顾四周，大家发现这怪味竟是其他客人桌上的"芝士火锅"散发出来的。我对瑞士芝士火锅的品尝欲望瞬间荡然无存。

猪手加长了一点点，土豆切成丝，还用平底锅煎了。开胃菜是南瓜咖喱汤，最后的甜点冰激凌或苹果派任选。法国菜也挺简单的。我曾在巴黎吃过一顿五十欧元一位的法式海鲜大餐，有虾、螃蟹、青口等，青口在大连被当地人叫作

"海虹",甚至还有蜗牛和鹅肝。同是法国大餐,云泥之别啊!所幸,喝到了地道的瑞士红酒,洛桑处在该国酿酒区的中心位置,也算一道惊喜,不枉此行。

联合国日内瓦办事处遛遛

日内瓦逗留期间,我们集体参观了联合国日内瓦办事处。

进入日内瓦办事处要检验护照,像在机场过安检那样。虽然郎团长反复提醒,大庆农村商业银行副行长杨义还是把护照忘在了车上。手机里有护照照片,随大队人马试试吧!

杨义这个哥们儿,要说出国前没好好准备吧,两瓶白酒可没耽误带,我注意到他是个认真的人,上课时端着水杯去添水,走到我身旁时听到老师讲到他感兴趣的内容,竟然倚靠着墙,目不转睛听了十多分钟。可出国培训学习二十一天的时间不算短,也不把头发剪短。到瑞士后,出去转半天找到一家理发店,花了二十瑞郎让老外给修理了一遍,弄了个混混发型,愣头愣脑的,走在队伍里还显得挺潮。

还不错,解释了一下,全都放行了。这要在安检大国——中国,那是一点不会通融的。

联合国世界粮农组织的工作人员把大家引导到一个小会议室。坐定后,一位在该组织工作了二十二年的官员借助PPT,为我们介绍了组织的情况。

世界粮农组织总部设于罗马,在日内瓦有一部分办事机构。其主要职责是维护世界粮食安全、灾难救助、技术培训与推广等。安久龙提了一个敏感问题:转基因食品是否安全。该官员含糊其辞,最后说这是负责技术的部门才能解答的问题,各方一直为这个话题争论不休。最后,也没个明确答复。

日内瓦联合国机构的新旧两座大楼是贯通的,老楼即万国宫,由当初的国联转给了后来的联合国。联合国会员国增加后,原大会议厅已经容纳不下全体会员国代表,因此建了新楼。会员国现在已经达到193家。

开会时,座位排序按字母顺序,但每个字母都可抓阄抽出一个到前排就座。方法简单,也很公平。

联合国会徽是以北极为中心的世界地图环以橄榄枝,这种摆布也在体现对任何国家不偏不倚。

参观者一拨接一拨,拍照可以,但不允许录像。拍照也仅限于自拍或和同行人合影,不能拍到其他参观者和工作人员,更不能拍到荷枪实弹的安保人员。

万国宫的走廊宽敞明亮,大堂里一人高的玻璃从下至上共六块,气势不凡。从玻璃窗向外看,联合国日内瓦办事处的院落开阔,远处是莱蒙湖,更远处竟然是环抱着这座城市的阿尔卑斯山和汝拉山脉,连勃朗峰山顶的皑皑白雪都看得真切。

在万国宫前面的联合国日内瓦办事处门外,竖立了一把跛脚椅子,同周围的优美环境极不协调,却给人一种极为震撼之感。看到这把高十二米、重达五吨的跛脚大椅子,人们自然会想到世间无完美,还有战争、贫穷,亦有许许多多需要人类正视和解决的问题。跛脚椅子和日内瓦喷泉成为该城市的地标性建筑。

关于这把大椅子,有两个比较靠谱的传说。

一说是二次大战在许多地方遗留了大量地雷,每年有几万人触雷伤亡,其中三分之一是可怜的儿童。国际残联为敦促世界各国早日签署《禁雷公约》,减少地雷对平民百姓的伤害,专门请瑞士艺术家设计了这把奇特的大椅子,强调地雷给人类造成的伤害,同时也借此彰显了伤残者的尊严。

另一种说法是有一年,国际组织在日内瓦开会讨论地雷对平民的伤害,不少国家纷纷指责日本在入侵国遗留了大量地雷,使平民百姓在和平年代仍然受到伤害。为此,与会的日本官员气急败坏,把会场上的椅子腿踢断了。此事触动了艺术家的创作灵感,遂设计了这把残椅,既表达了触雷致残之意,也是对日本军国主义所犯罪行的控诉和对其拒不认罪的嘲讽。

跛脚椅的中文说明如是:应国际助残组织要求,雕像于1997年落成,旨在号召各国签署《渥太华禁雷公约》,并履行公约义务,救助受害人员,并排除雷区所有杀伤性地雷。

2007年,联合国广场进行重新规划后,跛脚椅被重新安放于总部门外,意在邀请各国参与在奥斯陆发起的禁止使用集束炸弹的运动。

你瞧,瑞士人民以实际行动表明他们一贯热爱和平,反对战争的正义立场。必须点个赞!

孩子、妻子、园子与房子、车子、票子

哈尔滨市农信社监事长武佳忠提前两天回国,估计此时已经到北京了——女儿要去新加坡留学,赶回去安排送行了。瘦瘦的武佳忠乐于助人,还真有点想他。不过,家人更重要,这是真的。

瑞士人就有一个普遍的好习惯,下班就回家,充分利用弹性工作制,尽量早回家。没有我们这么多无休止的应酬,一切努力似乎都是为了一个独立、幸福、温暖的家。山坡上形单影只的别墅小楼,多么需要家庭每个成员都回来,添加人气,所以,对瑞士人来说,早回家、快回家是一种责任。

瑞士人追求简约、自然、幸福。少有高楼大厦,衣着朴素,开着耗油少、排污小的两厢小车,吃着汉堡、奶酪等简单食物,喝着健康果汁和我们认为并不健康的碳酸

饮料，很少有灯红酒绿的夜生活，也没有奢华的消费刺激神经。

塞满房子、车子、票子的人生和坐拥孩子、妻子、园子的人生，瑞士人选择后者。他们看重品质，而非物质。慢一点，再慢一点。瑞士人用他们的生活方式告诉你，什么才是真正的生活幸福：饭要吃，不必太好；钱要有，不必太多。衣食住行奉行简约主义，不用最贵，但求适宜，符合自己的气质，能够体现个性就好。当官是担当、是责任、是奉献，绝不是荣华富贵。

为了拥有更多时间享受生活，势必提高工作效率。瑞士人绞尽脑汁思考如何创新、如何把更多的工作交给机器，而让自己投入美好的生活。

当然，他们的工作亦相当轻松，空余的时间足够再打一份工，但他们往往不这么做，而是选择在咖啡店看书，或在酒吧浅酌，把时间消磨掉。可不要把这看作无所事事的懒人生活，享受幸福的前提是高福利体制下高效和热情的工作态度。这是用劳动赚来的幸福时光。

瑞士人在考虑收入前，会先问自己喜不喜欢这份工作，喜欢的事才有可能做好。基于这样的价值观，工作对他们来讲绝非一种煎熬。上班满腔热情地来，下班留下一天的劳动成果,心情愉悦地走,手头上的工作没做完怎么办?那也要下班回家。下班回家的头等大事,是和家人一起度过不开电视机的"家庭时间"。只要一放假,他们会迫不及待地和家人一起享受湖光山色带来的各种快乐。

如果可以选,我也想过这种"不思进取"的美好生活。突然想到叶倩文的一首老歌,里面唱道:"人生短短何必计较太多,成败得失不用放在心头。今宵对月高歌,明朝海阔天空,真心真意过一生。"

是的,真心真意过一生。这就是瑞士人信奉的人生哲理。

/银/色/国/度/　　一位金融人的瑞士考察之旅

收获到超负荷

　　一觉睡到早七点,疲乏尽消。今天上午,要帮朋友办理邮寄,中午待定,下午四点整装到学院集中,参加培训结业式,再参加校方主持的欢送晚宴。同学们迫不及待等着晚宴,为的不是海吃海喝,而是能早点把西服装进旅行箱——明天就要返程回家了,归心似箭啊!

　　问大伙儿"瑞士好不好",没一个说"不好"的;但问起"还来不来",都摇头。East and west, home is the best.(东好西好,都不如家好。)哈尔滨这些天雾霾严重,差到爆表,京津的状况也好不到哪里,从瑞士这种仙境之地回去,还真不好适应,难道真要趴在汽车排气管口过渡一下?我们这代人真要为子孙后代多做点改善生存环境的好事啊!

　　是时候准备回去给亲朋好友带的礼物了、瑞士维氏军刀、Lindt(林德)巧克力是必须有的。逛了Coop和Migro

两家大超市,竟然都是大板巧克力,不适合做礼品,等明天到机场办完退税再买吧!

郭大哥微信问我房间号,是要请我帮忙整理Tax Free收据。还真不少,我答应在海关办理时陪在他身边,郭大哥愉快地走了。

安久龙来电话,请我陪着去邮局。干脆把人都集合到一起,关铭、王树伟、王金生,还有王良,一行人大包小包地去了酒店旁边的邮局。

我走到唯一一个在柜台外负责卖通讯用品的女服务员旁边去咨询。对方还挺热情,先让几位去选包装纸箱。四号箱子规格最大,统计之后要七个。七个又不够,五个人要了八个,百八十平米的营业厅内顿时失去宁静。

服务员拿来两种表格,用英文告诉我,一个要写寄件人和收件人的信息,另一个是用来标注邮寄物品名称、数量和价格的。我点头致谢后,服务员一转身不见了踪影。

我仔细一看填写寄件人和收件人的表格,顿时傻了眼:全是德文,哪寄哪收啊?只好又到窗口问,脸只有拳头大小的女柜员仔细讲给我听,我一一记下。随后,我给所有五个兄弟填好已知的信息,又逐个询问,才把表格完善好。

手表盒直白地填写恐怕海关会查,写礼品吧;瑞士军刀写成指甲刀。奇怪的是，邮局也不多问。邮费超高，单箱八十到二百二十瑞郎不等。八个箱子折腾到十二点，小头小脸的服务员倒是越做越快，反正收发地址都差不多嘛！

哥儿几个办完先后离开，倒把我从头到尾拴在邮局，而且我一个包裹都没寄，纯学"雷锋"！

郎树峰就医

中午,常秘书长在上海饭店宴请当天没离开奥尔滕的同学,预计十人,结果来了十八位。饭前,大家议起鑫正投资担保集团有限公司的郎树峰董事长。鑫正投资是省内多家非银行金融机构的投资主体单位。郎董事长1970年生人,年纪不大,身材不高,略显清瘦,但见多识广,沉稳大气,不乏领导气质。上课或出游时,此君总是不停举着Ipad,"咔嚓""咔嚓"拍个不停,他掌握的学习资料毫无疑问是最完整齐全的。昨天,他在日内瓦出现胆结石疼痛的症状,难以忍受,被迫去了医院,是段金龙和中国姑爷施亚明陪着去的。奥尔滕车站有家小诊所,拍了片子,做了观察,给了止痛药,对方直接联系了伯尔尼大学医院,医院派来了救护车。段总感慨两点:一是来的女大夫美若天仙,怎奈他被要求坐在副驾驶位置,无缘近距离相伴;二是医院服务热情周到,一见面,大夫先告诉你他是谁谁谁,转身还要祝你早日康复，绝无国内医院里冷若冰霜的扑克脸。

刚入院时，院方要求存入两千瑞郎保证金，段总问是否可以一次性多存些，遭到院方坚拒。而且一但入院，不是你想走就能走的，医院说了算。医院对病人的生命安全是负责任的，这不，今天上午，郎团长和谭志强董事长又去了医院，商量着让郎董事长和大部队一起返程。还真不错，考虑到病情可控，无生命危险，医院同意了，郎树峰高兴得跟个孩子似的，又要吃面包，又要上厕所，之前都吓得没尿了。

中午吃饭，大家把剩下带的酒都拿出来了，竟然还有哈尔滨红肠。酒喝不完，上海饭店的老板欢天喜地地收了两瓶。

轮到我敬酒时，作为黑龙江省外唯一一个团员，我感谢收获到的友情，并说也有可能到冰城工作，有望和大家有更多接触。

周大姐插话："是回去接一把手吗？"

我哭笑不得，"我是在外打拼的职业经理人，对当官没那么浓厚的兴趣。"

周大姐说，"好，你接着说……"

最后的晚餐

参加学习总结会时，醉意依旧，每人桌上放着一份Programme evaluation（培训评估）。

内容很有趣：您认为最有意义的三到四门课程或授课教师的名字；您认为最有意义的公司访问；通过企业家圆桌交流，您最大的收获；您认为意义不大的课程或参观；您对住宿情况如何评价；您对用餐安排如何评价；您对翻译水平如何评价；您对出访陪同人员如何评价；您对组织工作的评价与建议。

西北应用科学与艺术大学商学院是很负责的，这种Feedback（阶段性评估与反馈）对今后的工作改进大有益处。大家倒是实话实说：对CEO圆桌会议一致赞赏；认为参观盐场的安排意义不大；对住宿和饭菜表示满意，特别是在酒店吃的新鲜、简单，比较可口；对前后担当翻译的几位

/银/色/国/度/　　一位金融人的瑞士考察之旅

老师总体很满意，表现最出色的是赵女士和蒋教授，德语流畅而中文结巴的郑姐姐熟悉业务后会做得越来越好。总体上，这次培训考察收获颇丰，真应了瑞方日程安排册首页上的话：The other mountain's stone can cut jade.（它山之石，可以攻玉。）

评估主持人是施压明，这个说话低声细语的中国姑爷受到大家的高度评价，搞得他有些不好意思了，小白脸笑嘻嘻的。

我可能是累坏了脑子，明明准备好了西服，衬衣换了，领带也打了，临出门还是忘了穿，随手抓起件夹克衫套上了。评估课堂上环视了一周，着装上只有一个人另类，就是我自己。

说起着装，我和王树伟形成了鲜明的对比。王树伟穿的是挺阔的湖蓝色西服，而我带来的是泛着天长日久磨出贼光的半旧西装。当我把穿着旧夹克衫拍的照片发回国内，有朋友立刻问："您这是参加完十九大就赶着出国的老干部吗？"

以后公务出国，可不能对付，要向王树伟同学学习，非得认真准备好。

收评估卷子的时候,大家才发现特别讲究仪态和课堂表现的王树伟没来,便微信呼叫,回复说以为六点集合呢!哈,有比我还晕的,心里释然许多。

欢送晚宴设在奥尔滕附近的玛拉河畔一处越南人开的西餐厅内。外面看,孤零零的,进到室内,灯光柔和,优雅舒适。室内装饰以淡黄和白为主色,墙面有细石条镶嵌;每张桌子上都放着一个五十公分高的金色烛台,淡红色的蜡烛直径有五公分,高有十公分,比较夺人眼球。

四张桌子围坐了三十个人,校方来了商学院努迪院长、施亚明和负责总务的露丝女士,加上负责翻译的蒋教授。

我、王树伟、杨金波、王金生和杨闯坐在与主桌相邻的一个本该坐八人的桌子。客人刚落座,服务员便开始倒酒,挨个问:"White wine or red wine?"我选的是白葡萄酒,是不太喜欢红葡萄酒的酸涩劲儿。

杨闯挨个拍照后,又两两组合,拍合影。这一桌最热闹,直到努迪院长开始致祝酒词。

祝酒词如你所想,热情洋溢,面面俱到。有一点特别值得佩服,六十一岁的努迪此前连续奔波了二十七小时,从贵

/银/色/国/度/　　一位金融人的瑞士考察之旅

阳到深圳，再到香港，长途飞行到苏黎世，又马不停蹄坐车回到奥尔滕。这是一种什么精神？竟然没有一丝疲态。

酒局后段，开始结业典礼，颁发结业证书。同学们和努迪、施亚明合影，找露丝领纪念品——用培训班合影做外包装的巧克力，和一把特制的红色外壳小军刀，我确实没在商场里见过。校方特意为郎团长定制了一款带瑞士地图的手表。老外不会在礼品上花大价钱，必定是礼轻情意重。

中午和晚上连着都喝了酒，虽然总量不多，但还是头疼。收拾好旅行箱，我想早点睡，毕竟明早六点半就出发了。才打好如意算盘，张海峰、杨金峰、王金生就来找我帮忙整理退税单据；安久龙也打来求助电话；关铭在楼道里碰见我就抓住不放；连郎团长都在微信群里发了几个字：长海在218。

信任就是生产力，二楼三楼我来回跑，赚了一个又一个发自内心的"感谢"，等收拾完自己的行李箱，验完自己的退税单，已经十一点半了。

还不能休息吧？我在书桌上放了一枚五瑞郎硬币，写了一张字条：Thanks for the good service these days.

And the teas are for you too.（谢谢这些天的良好服务。茶叶也是送给你的。）服务员该挺高兴吧？会觉得这个中国住客挺讲究的吧？

咱是有情怀的人！

/银/色/国/度/　一位金融人的瑞士考察之旅

Byebye，田园牧歌国度

周五早晨，没等到闹铃我就醒来了。天津的搭档打来电话，约周日回国后组织接风宴。无法再睡，那就清理一下房间吧！把卫生间里的梳子、没用完的香皂、洗发液、刮胡刀统统扔到垃圾桶，又把每天发的德文课堂资料撕个粉碎，反正都已经换语言抄录过了。

六点下楼吃饭，竟然成了后三名。看来，大家回家心切，都起得够早的。

因为要长途飞行，我没多吃，一个小牛角面包、一勺水煎鸡蛋、几块杏肉，就着同学们留下的榨菜，外加一杯浓果汁，五分钟解决。

同学们的行李真不少，大箱子、小箱子，加上拎包和背包，搬家似的。瑞士司机真勤奋，一顿忙乎，大巴车下面的行李厢全满了。

车厢内一路鼾声，天色依旧昏暗，没人在意窗外的灯光和朦朦胧胧的景致。

苏黎世机场不同于巴黎、法兰克福的机场，客流量没那么大。我发现，从北京和苏黎世出关时，都是我们这批人造成的拥堵。

王树伟买的东西多，装满两个大旅行箱，昨天还通过邮局寄走了一些。他把一个旅行箱交给我帮着带。王树伟是个重情重义之人。他和我聊起过，能有今天的工作岗位，要感激好多领导和朋友的关照，还有岳父岳母，以及给他拉了化妆品单子的小姨子。

在中国国航值机柜台办理手续的工作人员半数是当地人，我碰到的是个很热心的男士。由于有退税物品在旅行箱中，所以在他这里就是称重、贴签，等到海关验证退税时，把行李留在那里自然有人打理。

退税好麻烦，核验完，盖了印，还要安检后寻找现金退返处。盖印的家伙语气颇严肃："把退税单都打开给我！"用的是英语，当然是出于提高效率的考虑。

返现窗口的速度很慢。我排得靠前，还有两三人就要到的时候，谭志强董事长一拍脑袋，"哎呀！我把小旅行箱忘在安检处了。长海,陪我去吧,我怕说不清楚。"

没辙!继续学雷锋。向一位免税店店主询问,才找到安检处。

我拉了拉一位警员的衣角道:"Excuse me, my friend forgets his small suitcase fifteen minutes ago. Could you help find it?"(我朋友十五分钟前把小行李箱忘在这里。您能帮忙找到吗?)

"Remember this floor or downstairs?"(记得是这一层,还是楼下?)

咦,安检还有两层楼?

警员挨个通道看了一遍,又带着我和谭志强来到旁边一个屋子,还是没有。

正疑惑时,警员挥手道:"Follow me downstairs."然后大步流星转到旁边的滚梯,又来到楼下同一位置的小屋,旅行箱找到了。

"Thank you very much."

如释重负,发自肺腑地感谢。

离开小屋,正好看到杨金生和郭大哥在一起。郭大哥的旅行箱在地上敞开着,杨金生正和他一起同一位安检员连比画带说的,头上闪着汗光。

"怎么回事?谭总先去办返税吧!我帮帮他们。"

有我在,谭志强拖着旅行箱放心地先走了。

经常出国的郭大哥这回也犯糊涂了,明知道随身行李不能带刀具,却稀里糊涂地把学院赠送的一把瑞士小军刀塞进鞋里,装在随身携带的旅行箱中。

安检员听到我说英语,立刻露出笑脸:"His knife is longer than limit.We can't let it pass."意思是说小刀的长度超过规定,不允许带,还边说边耸肩摇头表示遗憾。

我也没问郭大哥,直接告诉安检员:"He agrees to give it up."然后转向郭大哥,"咱不要了,行吗?"

"行!"

"I am sorry."安检员一脸同情和无奈。

回到退税返现处,只好重新排队。办完退税,大家不慌不忙地逛起了免税店,要把退税拿到的瑞郎都花掉。杨闯要买瑞士葡萄酒,自己找不到,向我求助。我问了服务员后,被直接领到瑞士产葡萄酒的展位。听了服务员的介绍,我替杨闯做了主,一瓶三十四瑞郎的红葡萄酒、一瓶三十七瑞郎的白葡萄酒,都是中等偏上的价位。段金龙和郭林留步于一

/银/色/国/度/　　一位金融人的瑞士考察之旅

家巧克力店。两人掏出剩下的全部瑞郎，店员心领神会，全部换成了巧克力。

差20分钟就到10:50的登机时间了，我和杨闯搭伴，按照机场指示牌，朝E35号登机口走去。踏上滚梯才发现下面是长长的列队。哎呀，还有好几位同学在后面，必须抓紧点啦！好心的杨闯边走边在微信群里发出提示。有这样贴心的伙伴一起出国多好！我内心赞叹。

下楼后转出大厅，又想起去候机大厅还要坐一小段地铁，时间真够紧张的。我心中默念，再有这样的集体活动务必要有向导，要有关照。

谢天谢地，飞机晚点了半小时，登机时间也相应推后至少十五分钟，人都到齐了。

登机后，我浏览微信，都是杨闯和郭林催促和提示大家的语音——真是好同学！郭林是龙江银行负责人力资源工作的领导，管人有经验，除了真挚热心外，说不定对此也上瘾，呵呵！

起飞前，郎团长微信大家：全团人员顺利登机，我们圆满完成此次培训考察，谢谢大家！

真是位负责到底的好团长！

郎树峰董事长的座位在我前面不远出,看气色不错,还在和漂亮空姐低声细语。看来,身体一点也不欠安!

我从双肩包中拿出Ipad和耳机,准备利用回程把《我的1997》收尾,也消磨掉睡眠之外的旅途时间。

飞机滑行,经过短暂等候,一阵轰鸣,昂首腾空。窗外,远处的牧歌式田园、绿水青山依旧熟悉;林立的塔尖、楼群、散落的别墅渐渐远去,我的心中尚有依依不舍的情结。

是啊!2017年11月3日结束了为期二十一天的考察,这个高度民主、长久和平、虽资源匮乏,但经济创新发展、人民安居乐业的童话世界、神话国度,怎能不让人流连忘返,依依不舍?

考察培训的目的是学以致用,黑龙江省的新一轮经济腾飞还等着这群虚心求学、勤奋钻研,增长了见识、开阔了视野,愿意放手一搏的精英助力呢!他们可是颇具影响力的重量级人物。从这些同学身上,我已然看到黑龙江经济振兴的希望。国家给了越来越多的政策倾斜,天时、地利、人和俱在,黑龙江经济的二次腾飞指日可待。

在哈尔滨马迭尔宾馆参加"省现代金融行业赴瑞士培训

/银/色/国/度/　　一位金融人的瑞士考察之旅

班"出国预培训时,省人力资源与社会保障厅的领导们曾提过明确要求,参加培训的学员在培训结束后,每人要提交一份不少于三千字的考察报告,当中还要包括对相关行业的发现和对国内同行业的改革建议。

对此,我感慨颇多,无奈概括能力不足,本来就东拼西凑的知识架构,这次又连学带游,还真得认真整理一下。三千字不够,三万字也不够,那就以勤补拙,写它个十三万字。

银行人对数字敏感,但不惧怕。

这二十一天的见闻、感悟,值得长久回味,值得与领导、同事和朋友们分享,哪怕有一句话、一件事、一个场景、一个理念能够触动更多的心灵就好。

别了,瑞士!

再见了,漫山遍野的牛羊!

再见了,苏黎世湖、莱蒙湖!

再见了,雄伟壮丽的阿尔卑斯山!

再见了,苏黎世、伯尔尼、巴塞尔、沙夫豪森、琉森、洛桑、因特拉肯、日内瓦、阿劳、圣加伦、奥尔滕!

再见了,努迪、露丝、施大爷、布大爷、施亚明、赵老师、蒋老师、郑老师……

再见了,西北应用科学与艺术大学商学院!

祝大家一切安好!